चार यारों
की
यार

सुशील कुमार सिंह का 'बोल्ड' एवं बहुचर्चित नाटक जिसने अपने प्रथम मंचन के साथ ही रंग-जगत में सनसनी फैला दी।

चार यारों की यार

सुशील कुमार सिंह

वाणी प्रकाशन

वाणी प्रकाशन का 'लोगो'
विख्यात चित्रकार मक़बूल फ़िदा हुसेन की
कूची से

ISBN : 978-81-8143-991-8

वाणी प्रकाशन
21-ए, दरियागंज, नयी दिल्ली-110002
द्वारा प्रकाशित

फोन : 0091#11#23273167, 23275710
फैक्स : 0091#11#23275710
ई-मेल : vaniprakashan@gmail.com
vani_prakashan@yahoo.com
वेबसाइट : www.vaniprakashan.com

प्रथम (वाणी) संस्करण : 2009

आवरण : वाणी प्रकाशन
जय भारत प्रिंटिंग प्रेस, शाहदरा, दिल्ली-110032
द्वारा मुद्रित

मूल्य : 150.00

CHAR YARON KI YAAR
Play by : Sushil Kumar Singh

सादर समर्पित
राष्ट्रीय रंगमंच के पितामह
एवं
मेरे आदरणीय गुरु
श्री इब्राहीम अल्काज़ी
को

चार यारों की यार

"...क्या फायदा?...इस निगोड़ी माँग को भरने का...खाली नुमाइश ही तो हो जाती है....कि मैं खसम वाली हूँ!...आग लगे ऐसे खसम में...निगोड़ा किसी काम का नहीं। मेरी भी मति मारी गयी थी जो अच्छे खासे आदमी को छोड़ कर इस मरगिल्ले से ब्याह रचाया।

...बदनामी हुई सो अलग। सब यही कहते होंगे जैसी माँ वैसी बेटी।

...बेचारा दारु पीता था, क्या बुरा करता था? मर्द दारु नहीं पियेंगे तो क्या अंगूठा चूसेंगे?...पीने के बाद सी सीधे घर आता।...मगर पता नहीं कमबख्त को क्या हो जाता कि मुझे देखते ही उस पर ख़ून सवार हो जाता था।...होगा किसी जनम का बैर...कभी न कभी सुलझ ही जाता...पर पता नहीं मुझे क्या सूझी कि उसे छोड़ कर भाग आयी...। वह भी तो मुझे फिर लेने नहीं आया।

आ जाता तो क्या उसकी मूँछ नीची हो जाती? क्यों पड़ती इस ससुरे मास्टर के चक्कर में...।

अब क्यों रोती है बिन्दिया? जैसा किया, भुगत।...दो-दो ब्याह किये फिर भी हाथ जम कर रह गया...कि माँग भरूँ या न भरूँ?...चल सोचती क्या है...नुमाइश के लिए ही सही...भर ले...लोगों का क्या पता, कि घर में मर्द होते हुए भी अकेले कुड़कुड़ाती है"

...हाँ, मैंने ख़ून किया है...कब मना किया है मैंने ख़ून किया...मैं तो बस यह कहना नहीं चाहती थी...कि आप मेरे बारे में न जाने तो अच्छा है।. ..जान जायेंगे...तो..खैर, मैंने कब इनकार किया है कि मैंने ख़ून नहीं किया है। आप मुझे सजा दें, कैद दे, फाँसी दे...या जो जी में आये करें...।

...क्यों जानना चाहते हैं मेरे बारे में? मेरे मुँह से ही सब कुछ क्यों सुनना चाहते हैं?...मैं स्त्री हूँ...ऐसी बातें मेरे मुँह से रसीली भरी और

चटपटी लगती है...कुछ नहीं बताना है मुझे...अपने बारे में...जाइये और ईश्वर के लिए मुझे अकेला छोड़ दीजिये।

लसुशील कुमार सिंह का बोल्ड और बहुचर्चित नाटक जब भी मंचित हुआ दर्शकों की भीड़ उमड़ पड़ी...हाउसफुल...हाउसफुल...हाउसफुल। सुशील कुमार सिंह का सनसनी खेज नाटक 'चार यारों की यार।'

❑❑

चार यारों
की
यार

पात्र

❑

मास्टर सीताराम

बिन्दिया

जीवन

दीक्षित

सईद

मोला

अंक एक

(अग्र मध्य भाग में बिन्दिया पर प्रकाश। बिन्दिया सीधे दर्शकों से सम्बोधित होती है।)

बिन्दिया : **(दर्शकों से)** आप मेरे बारे में न ही जानें तो अच्छा है। जान जायेंगे, तो मेरी सूरत देखना भी पसन्द नहीं करेंगे। नफरत से मुँह फेर लेंगे। गालियाँ देंगे। पत्थर फेंकेंगे। थूकेंगे।

(क्षणिक मौन)

इसलिए कि मैं व्यभिचारिणी हूँ...और मैंने अपने पति की निर्मम हत्या की है। उस पति की हत्या जो मुझसे बेहद प्यार करता था...अटूट विश्वास करता था। फिर भी मैंने उसकी हत्या की। उसके प्यार की हत्या की। उसके विश्वास की हत्या की। अपने इस शरीर के कारण जो कि वासना का अथाह कुण्ड है। अपने उन चार यारों की खातिर जिनको यह शरीर मैंने पूरी तरह समर्पित कर रखा था और उस कामक्रीड़ा में मैं उन चार यारों की यार थी। उन्होंने मेरे शरीर को जैसे चाहा वैसे भोगा...

(गहरी निश्वाँस)

दोष मैं किसे दूँ, सब भाग्य का ही खेल है। यदि मैं अपने पहले पति को छोड़कर दूसरा ब्याह ना रचाती...चौंकिये मत, कोई नयी बात नहीं कह रही हूँ...दूसरा ब्याह करना कोई गुनाह तो नहीं है और वह

भी तब जबकि किसी स्त्री का पति हर रोज नशे में धुत होकर लौटे और अपनी पत्नी को बेजुबान जानवर समझ बेरहमी से पीटना शुरू कर दे...लात, घूँसे, थप्पड़ या जो कुछ भी हाथ में आ जाये—जलती हुई लकड़ी, जूते या लोहे की राड...कब तक सहती—आखिर कब तक... एक दिन जब यह नारकीय यातना असह्य हो गयी तो मैं चुपचाप अपने पति को हमेशा-हमेशा के लिए छोड़कर अपनी माँ के यहाँ चली आयी...

(क्षणिक मौन)

मुझे यह सब कहने में कोई शर्म—कोई झिझक नहीं कि मेरी माँ भी अपने पति की परित्यक्ता थी और किसी की रखैल बनकर उन्होंने अपनी जिन्दगी का बहुत बड़ा हिस्सा गुजारा था...उनकी जवानी के सुनहरे दिन बीत चुके थे...बाल सफेद हो गये थे...चमड़ी लटक आयी थी...बस किसी तरह अपने पोषक पति की दया पर ही अपना गुजारा कर रही थी जो कभी-कदार अब भी हो जाया करती।

(क्षणिक मौन)

मैं खूबसूरत थी...जवान थी...माँ मेरा बोझ उठा रही थी...और...मैं अपनी खूबसूरती और जवानी का...

(क्षणिक मौन)

हम दोनों में से कोई भी इस योग्य न था जो यह बोझ उठा सके...कुछ तो परिस्थितियों के कारण और कुछ उस तबके के कारण जिसकी जवान बहू-बेटियों को लोलुप नजरों से घूरना और अश्लील फिकरे कसना हर सम्भ्रान्त और अभिजात नागरिक अपना जन्मसिद्ध अधिकार समझता है...

(क्षणिक मौन)

मास्टर सीताराम कभी बचपन में मुझे पढ़ाया करते थे...इस बार जब उन्होंने मुझे देखा तो देखते ही रह गये...मुझे भी उनकी आँखों में वह आकर्षण और चमक

दिखी जिससे मुझे लगा कि उन्हें पाकर शायद विगत जीवन की वह कमी दूर हो जाय और मैं एक बार फिर से दाम्पत्य जीवन का सुख प्राप्त कर सकूँ। रास्ते में आयी हर दीवार को तोड़कर हम दोनों ने अगनि को साक्षी मानकर सात फेरे पूरे किये...एक अच्छे जीवन साथी के साथ सुखपूर्वक जीने की अदम्य लालसा लिये मैं चली आयी अपने नये पति के घर...लेकिन मुझे क्या मालूम था कि पहली रात ही कुछ ऐसा हो जायेगा...जिसकी मैं कभी कल्पना भी नहीं कर सकती थी...मैं तो उस सबसे बेखबर...मन में अनगिनत सपने सँजोये, भावी जीवन की तैयारियों में व्यस्त थी। खुशियों का समन्दर मेरे मन में हिलोरें ले रहा था...मेरे पाँव जमीन पर नहीं पड़ रहे थे...मैं सारे घर में फुदकी-फुदकी फिर रही थी...

(शृंगारिक संगीत के साथ मंच पर प्रकाश बढ़ता है। मास्टर सीताराम के घर का अन्दरूनी दृश्य उभर आता है। रहन-सहन बहुत ही साधारण और निम्न स्तर का है किन्तु किसी खास मौके के लिए विशेष रूप से की गयी सजावट और बदलाव स्पष्ट नजर आता है। मास्टर सीताराम एक कोने पर पड़े तखत के एक ओर खड़े नयी चादर की पर्तें खोल रहे हैं। बिन्दिया हँसते हुए उनकी ओर बढ़ती है।)

बिन्दिया : यह आप क्या कर रहे हैं?

मा. सीताराम : **(मुस्कुराते हैं)** बिछा रहा हूँ।

बिन्दिया : **(लजा कर)** लाइये, मैं बिछा दूँ!

मा. सीताराम : क्यों!

बिन्दिया : आपको यह सब करते देख मुझे अच्छा नहीं लगता।

मा. सीताराम : तो क्या हुआ!

बिन्दिया : यह काम मेरा है।

मा. सीताराम : पर काम तो यह हम दोनों के ही आयेगा।

(हँसते हैं)

बिन्दिया : **(झेंप जाती है)** आप तो मजाक करते हैं।

मा. सीताराम : **(प्यार से)** अच्छा लो नहीं करता। चलो हम दोनों मिल कर बिछाते हैं।

(दोनों मिलकर तखत पर चादर बिछाते हैं। बिन्दिया सलवटें ठीक करती है। मास्टर जी प्रेमासक्त हो उसे देखते हुए आगे बढ़ आते हैं।)

मा. सीताराम : बिन्दिया...

बिन्दिया : **(जैसे सब कुछ भूल कर)** मास्टर जी...

मा. सीताराम : बिन्दिया...

बिन्दिया : मास्टर जी...

(दोनों एक-दूसरे के नजदीक आ जाते हैं। मास्टर सीताराम उसके कन्धे पर हाथ रख देते हैं।)

बिन्दिया : मैं आपको पाकर सब कुछ भूल गयी।

मा. सीताराम : और मुझे सब कुछ मिल गया तुम्हें पाकर।

बिन्दिया : आप देवता के समान हैं मास्टर जी!

मा. सीताराम : यह मास्टर जी, मास्टर जी की क्या रट लगाये हो?

बिन्दिया : बचपन में आप मुझे पढ़ाया करते थे न...

मा. सीताराम : अब तो नहीं पढ़ाता...और वैसे भी अब तो मैं तुम्हारा...

(बिन्दिया लजा कर हथेलियों से अपना चेहरा ढाँप लेती है।)

मा. सीताराम : अरे शर्माने की क्या बात है! क्या मैं तुम्हारा पति नहीं हूँ?

बिन्दिया : **(आहिस्ता से)** यह मेरा सौभाग्य है वरना मेरे जैसी औरत से कौन करता शादी? मैं आपका उपकार जिन्दगी भर नहीं भूलूँगी मास्टर जी...

मा. सीताराम : फिर मास्टर जी! सारा शहर मास्टर जी कहता है...घर वाली भी मास्टर जी कहेगी तो हो चुका गुजारा...

बिन्दिया : फिर मैं क्या कहूँ!

मा. सीताराम : कुछ भी...जैसे प्राणेश्वर, प्राणनाथ...और मैं तुम्हें कहूँगा

...प्राण-प्यारी, हृदय की धड़कन, आँखों की तारा... नयनों की ज्योति...

(उसके नजदीक जाकर उसका सुन्दर-सलोना चेहरा अपनी हथेलियों में भर कर अपनी आँखें उसकी आँखों में डाल देते हैं। दरवाजे पर कुंडी खटकती है। वे छिटक कर अलग हो जाते हैं। बिन्दिया घूँघट सहेजती हुई एक ओर हो जाती है। मास्टर जी दरवाजा खोलते हैं। जीवन अन्दर आता है।)

मा. सीताराम : जीवन तुम!

(जीवन खोजपूर्ण दृष्टि से चारों ओर देखता है।)

जीवन : वाह-वाह! एक ही दिन में सब कुछ बदल गया।...कहाँ तो यह घर भूतों का डेरा लगता था और कहाँ अब चारों ओर से एक खास महक फूट रही है। हर चीज में नयापन...सीताराम, कहाँ छुपा रखा है। भाभी जी को?

मा. सीताराम : **(मुस्करा कर)** उधर देखो...

जीवन : किधर!

(उसकी नजरें एक कोने में सिमटी-सिकुड़ी बिन्दिया पर पड़ती हैं।)

बहुत खूब!

(तनिक आगे बढ़कर)

नमस्कार भाभी जी!

बिन्दिया : **(धीमे से)** नमस्ते।

जीवन : मजा आ गया, इतनी मीठी आवाज...जैसे शहद में डूबी हो।

(बिन्दिया लजा कर अपने आपको सहेजने का प्रयत्न करती है।)

लेकिन यह घूँघट-वूँघट नहीं चलेगा मेरे सामने। देवर हूँ आपका...कोई ऐसा-वैसा नहीं।

मा. सीताराम : **(हँसते हैं।)**

जीवन : अच्छा, अब जरा अपना मुखड़ा भी दिखा दीजिए...

(**बिन्दिया लज्जा से दोहरी हो जाती है।**)

जीवन : न...न...शर्माने से काम नहीं चलेगा...बड़ा ढीठ हूँ। चाहें तो भाई साहब से पूछ लीजिए।

मा. सीताराम : यह ठीक ही कह रहा है बिन्दिया। इसके जैसा ढीठ आदमी दूसरा नहीं मिलेगा। इससे शर्म करने की जरूरत नहीं। जानती हो, बचपन का दोस्त है मेरा और दोस्त क्या छोटा भाई ही समझो। साथ खेले...साथ पढ़े मगर अब यह बीमा एजेण्ट हो गया...और मैं स्कूल में तोता पाठ पढ़ाता हूँ...।

जीवन : लेकिन फर्क कोई नहीं पड़ा। दिन में एक बार जब तक मिल न लूँ चैन नहीं पड़ता।

(**बिन्दिया वैसी ही सिमटी-सिकुड़ी रहती है।**)

मा. सीताराम : इधर आ जाओ बिन्दिया!

(**बिन्दिया थोड़ा घूम जाती है।**)

जीवन : नाम भी अच्छा-खासा है। अब घूँघट भी हटा दीजिए वरना मुझे ही...नहीं मानेंगी...

(**हँसता है।**)

अच्छा समझ गया, मुँह दिखाई नहीं दी इसलिए...यह लीजिए...

(**उपहार का एक छोटा-सा पैकेट निकाल कर देता है।**)

अरे ले लीजिए न...मैं मानूँगा नहीं बिना देखे।

(**जबर्दस्ती हाथ में थमा देता है बिन्दिया स्वयं को बहुत असहाय-सी स्थिति में महसूस करती है।**)

जीवन : (**जैसे हार मानकर**) भाई साहब, जरा आप ही समझाइये!

मा. सीताराम : (**हँसते हैं**) यह ऐसे ही पीछे पड़ा रहेगा बिन्दिया, इसलिए जितनी जल्दी हो सके, पिण्ड छुड़ा लो!

जीवन : समझ गयीं आप...अब मेहरबानी करके...

(**बिन्दिया जैसे बचने का कोई रास्ता न देखकर नीची निगाह किये थोड़ा-सा घूँघट सरका देती है।**)

जीवन : वाह-वाह! क्या सुन्दरता पायी है। मगर यह सरासर बेईमानी है। फीस आपने पूरी ली है और शो आधा दिखा रही हैं। मान गये सीताराम! हजारों में एक छाँटकर लाये हो मेरे लिए भाभी।

मा. सीताराम : **(हँसते हैं)** जरा मुँह तो मीठा करा दो अपने देवर का...

(जैसे कैद से छूटी हो इस तरह बिन्दिया तेजी से रसोईघर में सरक जाती है। दोनों हँसते हुए तखत पर आकर बैठ जाते हैं।)

जीवन : भई सीताराम तुमने तो सचमुच कर ली शादी। मैं तो यूँ ही समझे था।

मा. सीताराम : क्या करता, बहुत सब्र किया। इतनी उमर गुजार दी बिना औरत के। कोई जिन्दगी थी...तंग आ गया था अकेले रह-रह कर...अपने आप खाना बनाओ, स्कूल जाओ, दिन भर सर खपाओ, लौटकर आओ तो फिर वही खा-पी कर सो जाओ। कोई रस नहीं था।

जीवन : बुजुर्गों ने गलत थोड़े ही कहा है कि औरत के बिना...वो...घर क्या होता है?

मा. सीताराम : सूना होता है। वैसे तो कई मौके आये। घर वाले भी काफी पीछे पड़े रहे लेकिन कहीं मन जमा नहीं, सो बैठा रहा कुँआरा अब तक...और अचानक सब कुछ चटापट हो गया...बस संयोग ही समझो!

जीवन : **(धीमे से)** घर में तो कोई बखेड़ा नहीं हुआ?

मा. सीताराम : खूब हुआ। पर तुम तो जानते ही हो! मैं जरा उन्मुक्त विचारों का हूँ...जो एक बार जी में आ गया वही करता हूँ। हालाँकि यह कोई शादी-वादी करने की उम्र नहीं है। अब तक नहीं की थी तो बाकी भी गुजर जाती। चालीस साल का तो हो ही गया हूँ। बड़ी भावुक स्त्री है। पूरा राक्षस था इसका आदमी। दिन भर शराब पीना और शराब पीकर इसकी बुरी तरह से कुटम्मस करना,

बस यही काम था उसका। चुपचाप सहन करती रही अपने आदमी का कसाईपन...पर कब तक करती? एक दिन जब उसने अति ही कर दी तो छोड़ दिया इसने उसको। बचपन में मैं इस पढ़ाया करता था...बड़ी प्यारी लगती थी। तब क्या मालूम था कि इसे इतने दुख झेलने पड़ेंगे। उस दिन अचानक मुलाकात हो गयी। सारा किस्सा बताया इसने! जी भर आया सुनकर तुरन्त कह दिया मैंने इससे, बिन्दिया, जाति-पाँति, धरम-समाज किसी की चिन्ता नहीं मुझे...तुम्हारा दुख मैं नहीं देख सकता। अगर चाहो तो मुझसे कर लो शादी...जिन्दगी भर निबाहूँगा। डूबते को जैसे तिनके का सहारा मिल गया हो और मैं भी जुबान देकर पीछे नहीं हटा। वैसे सभी ने विरोध किया मेरा।

जीवन : काम तो तुमने हिम्मत का ही किया है सीताराम! नहीं तो चतुर्वेदी के घर एक धोबिन...

मा. सीताराम : सब कहने की बातें हैं। मुख्य चीज है आत्मा, वह शुद्ध होनी चाहिए।

जीवन : ठीक कहते हो!

(बिन्दिया मिठाई की तश्तरी और पानी का गिलास उनके पास रख जाती है।)

मा. सीताराम : लो खाओ।

जीवन : तुम भी लो।

(दोनों खाने में जुट जाते हैं।)

जीवन : अभी तो हफ्ता-पन्द्रह दिन की छुट्टियाँ मारोगे?

मा. सीताराम : क्यों?

जीवन : मधुचन्द्र नहीं मनाओगे?

मा. सीताराम : क्या मतलब?

जीवन : यही हनीमून वगैरह।

मा. सीताराम : ओह! **(हँसते हैं)** अरे भाई, हनीमून तो डिग्री कालेज के प्रोफेसर मनाते हैं। प्राइमरी स्कूल के मास्टर का क्या

हनीमून? एक सौ पिचहत्तर रुपये तनख्वाह। छुट्टियों का नामोनिशान नहीं। स्ट्राइक्स भी तो साली अपने यहाँ नहीं होती।

जीवन : हाँ, यह तो है ही। फिर भी शादी की है तो कुछ न कुछ तो होना ही चाहिए।

मा. सीताराम : होगा भाई, सब कुछ होगा लेकिन यहीं होगा। इसी कमरे में इसी तखत पर...

(आहिस्ते से मजाक के तौर पर)

इतने दिन धैर्य से काम लिया, तुम क्या समझते हो अब भी हाथ पर हाथ धरे बैठा रहूँगा? बस तुम्हारे यहाँ से खिसकने का इन्तजार कर रहा हूँ।

(ठहाका मार कर हँसते हैं। जीवन भी हँसता है। हँसते हुए गिलास उठाकर पानी पीता है और उठ कर खड़ा हो जाता है।)

अरे, तुमने तो कुछ खाया ही नहीं?

जीवन : भर पेट खाया। अब चलूँगा। ताकि तुम भी...

मा. सीताराम : तुम तो मेरे मजाक को सच मान गये!

जीवन : नहीं, नहीं, मुझे एक क्लाइण्ट के पास भी जाना है। बड़ी मुश्किल से कमबख्त राजी हुआ है बीमा कराने के लिए। अच्छा चलता हूँ। कहाँ गयीं भाभी जी!

(आवाज देता है)

भाभी जी!

(बिन्दिया रसोई के दरवाजे पर आती है।)

अच्छा भाभी जी, फिर मुलाकात होगी। आज तो मेरी उन सुनहरे क्षणों के लिए शुभकामनाएँ हैं जिनका आप दोनों बेसब्री से इन्तजार कर रहे हैं। नमस्ते!

बिन्दिया : **(शर्म से लाल)** नमस्ते!

मा. सीताराम : फिर आना।

जीवन : जल्दी ही आऊँगा। दावत का प्रबन्ध रखना!

(दरवाजा खोलकर निकल जाता है।)

मा. सीताराम : जरा तनख्वाह मिल जाने दो, फिर दावत ही दावत लो!

(जीवन का ठहाका सुनाई देता है।)

जीवन : **(बाहर से)** तुम कंजूस के कंजूस ही रहोगे। चाहे कुछ भी हो जाये!

(मास्टर जी हँसते हुए दरवाजा बन्द कर अन्दर से साँकल चढ़ा देते हैं।)

मा. सीताराम : बड़ा मजेदार आदमी है।

बिन्दिया : बोलता बहुत है।

मा. सीताराम : है मगर साफ दिल का।

बिन्दिया : इसकी शादी नहीं हुई?

मा. सीताराम : कहाँ हुई बेचारे की। सब मेरी तरह भाग्यशाली थोड़े होते हैं जो घर बैठे तुम्हारे जैसी दुल्हन मिल जाय।

(उसके नजदीक चले जाते हैं)

बिन्दिया : मैं तो यही प्रार्थना करती हूँ कि मेरी जैसी अभागी दुल्हन किसी को न मिले!

मा. सीताराम : बिन्दिया तुम्हें मेरी कसम जो फिर कभी ऐसी बातें कीं।

(उसके कन्धे पर हाथ रख देते हैं।)

बिन्दिया : मास्टर जी...

(आँखें डबडबा आती हैं)

मा. सीताराम : विगत जीवन की कटुताएँ भूल जाओ...यह हमारा छोटा सा घर है। सपनों का संसार...खुशियों का महल...सब कुछ भूल कर हम इसे नये सिरे से सजाएँगे...भावी जीवन की योजनाएँ बनाएँगे। जानती हो...

(उसे बाँहों में घेर लेते हैं)

अब हमें दो अलग शरीर होकर नहीं...एक शरीर...एक आत्मा होकर रहना है...

बिन्दिया : **(विभोर होकर)** मैंने तो अपना शरीर, अपनी आत्मा सब कुछ आपको सौंप दी है...जैसा आप कहेंगे, वैसा ही करूँगी।

(अपना सिर उनके कन्धे से टिका देती है। मास्टर

जी उसे सहारा देकर तखत के पास ले जाते हैं। स्वयं तखत पर बैठते हैं और उसे भी बैठाने लगते हैं। बिन्दिया उनके पैरों के पास बैठ जाती है।)

मा. सीताराम : यह क्या ! यहाँ बैठो मेरे पास...

बिन्दिया : यहीं ठीक हूँ...आपके चरणों की सेवा करते जिन्दगी गुजर जाय इसी में धन्य समझूँगी...

मा. सीताराम : नहीं...यहाँ...आओ!...

(उठा कर अपने बगल में बैठाते हैं)

जानती हो आज हमारे मिलन की पहली रात है।

बिन्दिया : **(लजा कर)** हूँ...

मा. सीताराम : हमें एक दूसरे को अच्छी तरह समझ लेना चाहिए... जी भर कर प्यार करना चाहिए...

(बिन्दिया लजाई-सी चुप रहती है। मास्टर जी उसे भुजाओं में कस लेते हैं।)

मा. सीताराम : तुम बहुत अच्छी हो बिन्दिया...

बिन्दिया : आप भी मास्टर जी..

मा. सीताराम : फिर मास्टर जी...

(बिन्दिया लजा कर उनके सीने में सिर छुपा लेती है। मास्टर जी उसे आहिस्ते-आहिस्ते तखत पर लिटा देते हैं और काँपते हाथों से उसके गालों को सहलाते हुए कन्धों से सरकते हुए हथेलियों को पकड़ लेते हैं। उनके माथे पर पसीने की बूँदें चुह-चुहा आती हैं...साँसें तेज हो जाती हैं। बिन्दिया की पलकें धीरे-धीरे बोझिल होकर मुँदने लगती हैं। यकायक मास्टर जी उसे छोड़ देते हैं।)

मा. सीताराम : **(उखड़ी-उखड़ी साँसों के साथ)** बिन्दिया...

बिन्दिया : **(जैसे तन्द्रा टूट गयी हो)** हूँ...

मा. सीताराम : आज तुम बहुत थकी हो...आराम करो...सो जाओ...

(उसके बगल में लेट कर दूसरी ओर घूम जाते हैं बिन्दिया हतप्रभ-सी उन्हें देखती, उठ कर बैठ

जाती है। मंच पर तेजी से अन्धकार फैल जाता है। इसके साथ ही तीव्र संगीत गूँजता है। कुछ क्षणों पश्चात संगीत के स्वर शान्त हो जाते हैं। तखत पर प्रकाश उभरता है। मास्टर जी और बिन्दिया दोनों ही एक-दूसरे के विपरीत करवटों में लेटे हैं। अचानक बिन्दिया उठ कर बैठ जाती है बदहवास सी, उसके चेहरे का रंग उड़ा-उड़ा है।)

बिन्दिया : उफ्...कितना भयानक सपना...चारों तरफ...रेत ही रेत... गरम, झुलसती रेत...और रेत के टीले...घुटनों तक धँसे पाँव...जलती आँधी...जैसे आग का दरिया बह रहा हो...भाग जाना चाहती हूँ...पर हिल नहीं पाती...गला सूख गया...जुबान तालू से चिपक कर रह गयी...चीखना चाहती हूँ पर आवाज घुट कर रह जाती है...उफ्

(सूखे होंठों पर जुबान फेर कर गले को सहलाती हुई रसोई घर में जाती है। एक गिलास उठा कर सुराही से पानी उँड़ेलती है लेकिन पानी की एक बूँद नहीं निकलती। सुराही खाली है। अँधेरा फिर घना हो जाता है। तीव्र संगीत गूँजता रहता है। कुछ ही पलों बाद मंच के अग्र मध्य भाग में प्रकाश उभरता है।...बिन्दिया गुमसुम-सी बैठी दिखाई देती है।)

बिन्दिया : नहीं मालूम...यह क्या हो रहा है...वो क्या चाहते हैं। पहली बार उन्होंने कहा मैं थकी हूँ सो जाऊँ...दूसरी बार उन्होंने कहा कि वे थके हैं...नींद आ रही है।... तीसरी बार उनकी तबीयत ठीक नहीं थी...सिर भारी था। चौथी बार उन्होंने आग तो लगा दी पर उसे बुझाने के लिए उनके पास कुछ नहीं था...कुछ भी तो नहीं। मैंने कहीं सुना था कि ऐसा होता है... लेकिन महसूस कभी नहीं किया था...

(जमीन पर ही लेट जाती है। तखत पर प्रकाश उभरता है। मास्टर सीताराम करवट बदलते हैं। बगल में कुछ खाली-सा महसूस करते हुए उठकर बैठ जाते हैं, उनकी निगाह जमीन पर लेटी बिन्दिया पर पड़ती है। वह उठकर उसके पास जाते हैं। खड़े-खड़े कुछ सोचते रहते हैं फिर बैठ जाते हैं। छूने के लिए हाथ बढ़ाते हैं और बिना छुए ही उठ कर वापस तखत पर लौट आते हैं।)

मा. सीताराम : (सरसराते लहजे में) बिन्दिया...बिन्दिया...(कुछ ऊँची आवाज) बिन्दिया...

(बिन्दिया चौंककर उठ बैठती है।)

(पुनः) बिन्दिया...

(बिन्दिया घूम कर उन्हें देखती है। फिर पूर्ववत् बैठ जाती है।)

बिन्दिया...

(बिन्दिया कुछ नहीं बोलती।)

मा. सीताराम : (आर्द्र होकर) बिन्दिया...

(बिन्दिया चुप रहती है, मास्टर जी उसके नजदीक जाकर बैठ जाते हैं।)

मा. सीताराम : उठ कर क्यों चली आयीं?

(बिन्दिया गुमसुम बैठी है।)

मा. सीताराम : जमीन पर क्यों लेटी हो?

(बिन्दिया कोई जवाब नहीं देती।)

मा. सीताराम : नाराज हो क्या?

(उसका चेहरा अपनी ओर घुमाने की कोशिश करते हैं। वह उनका हाथ झटक देती है।)

बोलो तो क्या हुआ बिन्दिया?

(बिन्दिया खामोश है उसके चेहरे पर तल्खी उभर आती है।)

मा. सीताराम : आखिर बात क्या हुई?

बिन्दिया : **(पैनी नजरों से देखती है।)** कुछ जानने को अभी भी बाकी है क्या?

(मास्टर जी की नजरें झुक जाती हैं।)

या आप समझते हैं मैं कोई नासमझ बच्ची हूँ।

मा. सीताराम : **(धीमे से)** लेकिन इसमें मेरा क्या दोष है?

बिन्दिया : दोष तो मेरी किस्मत का है।

(मास्टर सीताराम खामोशी से उठ कर वापस तखत पर चले जाते हैं। बिन्दिया भी झटके से उठ कर खड़ी हो जाती है।)

बिन्दिया : अब समझ में आया तुम्हारी दरियादिली का राज। इतनी सहानुभूति क्यों दिखा रहे थे, यह भी समझ में आ गया।... तुमने सोचा होगा कि सतायी हुई दुखियारी औरत है, जुबान नहीं हिलायेगी और जुबान मैं सचमुच नहीं हिलाती मास्टर जी, अगर तुम साफ-साफ पहले ही कह देते। पर तुम्हारे मन में तो पाप था। तुमने मुझे धोखे से फँसाया।

मा. सीताराम : तुम मुझे गलत समझ रही हो...शारीरिक सम्बन्ध क्या मायने रखते हैं।

बिन्दिया : तो फिर क्यों लाये थे ब्याह कर! यह दिखाने के लिए कि एक नामर्द आदमी कैसा होता है?

मा. सीताराम : समझने की कोशिश करो बिन्दिया। असली बात तो आत्माओं के मिलन में है। मैं तुमसे प्रेम करता हूँ।

बिन्दिया : प्रेम करता हूँ...हुँह...प्रेम करने वाले मन में मैल छुपा कर नहीं रखते मास्टर जी। मैंने तुमसे क्या छुपाया था। सब कुछ बता दिया था साफ-साफ।

मा. सीताराम : मैंने भी तुमसे शादी की तो जाति, धरम, समाज किसी की परवाह नहीं की...सब कुछ जान-बूझ कर अपनाया तुम्हें...

बिन्दिया : बड़ा अहसान किया।

मा. सीताराम : और नहीं तो कौन करता ब्याह एक नीच औरत से...

बिन्दिया : अच्छा, मास्टर जी, अब मैं नीच भी हो गयी?

मा. सीताराम : नीच औरतें ही अपने आदमी को छोड़कर भागा करती हैं...

बिन्दिया : हाँ, तुम जैसे शरीफों से शादी करने के लिए। अरे मास्टर जी, मैं नीच थी, भागी हुई थी, जैसी भी थी, भली थी अपने घर में...। आदमी को इसलिए नहीं छोड़ा था कि वह नामर्द था तुम्हारी तरह। इसलिए छोड़ा था कि वह शराबी था। नशे में धुत होकर मेरी धुनाई करता था। कान खोलकर सुन लो, हमारा वह आदमी लाख शराबी-कवाबी था मगर आदमी था आदमी। पिटाई करता तो हड्डियाँ टूटने की नौबत आ जाती मगर जब प्यार करता तो एक-एक नस, जोड़ खुलकर रह जाते। ऐसा मरद था वह। और तुम...तुम तो कीड़े हो कीड़े मास्टर जी, रेंगना भी नहीं आता तुम्हें...

(मास्टर जी गुस्से से काँपते खड़े हो जाते हैं)

मा. सीताराम : बिन्दिया...

बिन्दिया : आँखें न निकालो मास्टर जी, अपने मुरदे चूहे को जिन्दा करो जाकर...

मा. सीताराम : चुप हो जाओ वरना अच्छा नहीं होगा।

बिन्दिया : यह रोब किसी और को दिखाना। मुझे नहीं मालूम था मुरदे चूहों को भी रोब दिखाना आता है।...छिः मुरदे चूहे...थू...

मा. सीताराम : (चीख कर) बिन्दिया...

(मास्टर जी गुस्से से उबल कर बिन्दिया को झापड़ रसीद कर देते हैं। वह फफक कर रो पड़ती है।)

बिन्दिया : मारो, जी भर कर मारो...इसीलिए तुमसे ब्याह किया था कि पहले आदमी की मार में जो कुछ कसर रह गयी हो उसे तुम पूरी करो...मेरी किस्मत ही फूटी है...मैं किसको क्या कहूँ...

(घुटनों में मुँह छुपा कर बैठ जाती है। मंच पर अँधेरा होने लगता है। अँधेरे में उसकी सिसकियाँ

ही सुनाई देती हैं।

कुछ पलों बाद पुनः प्रकाश उभरता है। बिन्दिया रसोई घर में है। मास्टर जी बाहर से आते हैं जूते वगैरह उतार कर हाथ-मुँह धोते हैं। और अपनी धोती से पोंछते हुए तखत पर बैठ जाते हैं। बिन्दिया उन्हें चाय देती है। मास्टर जी चाय ले लेते हैं। बिन्दिया वापस जाने लगती है। मास्टर जी उसे रोकते हैं।)

मा. सीताराम : **(कुछ संकोच से)** बिन्दिया...!

(बिन्दिया रुक जाती है।)

इधर आओ...

बिन्दिया : **(बिना मुड़े)** जो कुछ कहना हो, जल्दी कहो, बहुत काम पड़ा है।

मा. सीताराम : यहाँ तो आओ...

बिन्दिया : मुझे सुनाई पड़ रहा है। जो कुछ कहना हो ऐसे ही कह दीजिए।

मा. सीताराम : नाराज हो?

बिन्दिया : यही कहना था?

मा. सीताराम : नहीं ये बात नहीं।

(चाय का गिलास तखत पर रख देते हैं और उठ कर उसके पास आते हैं।)

मुझसे सचमुच बहुत भूल हो गयी...गलती हो गयी...

(बिन्दिया खामोश रहती है)

मुझे ऐसी हालत में शादी नहीं करनी चाहिए थी...

बिन्दिया : यह अब महसूस हुआ आपको?

मा. सीताराम : सोचा था, शादी करने के बाद शायद...नहीं तो इलाज कराकर ठीक हो ही जाऊँगा...दरअसल, जब मैं छोटा था तभी से कुछ ऐसी बुरी आदतें पड़ गयी थीं कि...या यह कहूँ...बुरी आदतों के संस्कार जन्म से ही मिले थे। मेरे पिता बहुत ही कामी और निर्लज्ज व्यक्ति थे...माँ के

साथ खुले आम...यहाँ तक कि उन्हें उचित और अनुचित का भी ध्यान नहीं रहता था। कई बार तो मेरे सामने ही...मैं तीन या चार साल का था...वो समझते थे मैं बच्चा हूँ, ये बातें क्या समझूँगा...उन्होंने कभी न सोचा कि एक नासमझ बच्चे पर इसका क्या असर पड़ेगा। थोड़ा बड़ा हुआ पढ़ने-लिखने लगा तो उनके तकिए के नीचे, चादर के नीचे, कोट की जेबों में, अलमारी में यदा-कदा अश्लील चित्रों वाली किताबें दिखाई दे जाया करती थीं। एक बार देख लिया तो चस्का पड़ गया। छुप-छुप कर पढ़ने लगा। नतीजा यह हुआ कि बहुत कच्ची उम्र में ही जबकि मेरी मूँछों की रेखायें भी ठीक से नहीं बनी थीं, मुझे वे सब रहस्य मालूम हो गये जो बड़े होकर भी हमारे समाज में बहुत से लोगों को मालूम नहीं पड़ पाते हैं। मैं नहाती औरतों को देखने में भी दिलचस्पी लेने लगा, पेशाब करती और पाखाने जाती औरतों को देखने की जोड़-तोड़ में रहने लगा। छोटी बच्चियों से खेलने लगा। कामना न बुझती तो जहाँ एकान्त अकेला पाता, जुट जाता। पाखाने में, कोठरी में, रात को बिस्तर में...दिन में दो बार, चार बार, छह बार...लेकिन कामेच्छा शान्त न होती, दिन पर दिन बढ़ती ही जाती। एक आध बार रण्डियों के कोठे पर भी गया। लेकिन उन्हें देने के लिए रोज-रोज पैसे जुटाना बहुत मुश्किल था...हालाँकि वे बहुत सस्ती थीं. ..अन्त में एक ही रास्ता था...अँधेरे कोनों में दिल की भड़ास निकालना...धीरे-धीरे मैं खाली होता गया...खोखला होता गया...खोखला होता गया...और आज इस हालत में हूँ...मुझे माफ कर दो बिन्दिया... मुझे माफ कर दो...सिर्फ एक बार कह दो तुमने मुझे माफ कर दिया...सिर्फ एक बार...

बिन्दिया : **(धीरे से)** मैं क्या कहूँ मास्टर जी, जो होना था हो

गया...मुझे तुमसे सहानुभूति है।

(बिन्दिया सिर झुका कर रसोई की ओर चल देती है। मास्टर जी निढाल से बैठ जाते हैं। मंच पर अँधेरा छा जाता है।)

अंक दो

(बिन्दिया झाड़ू लगभग लगा चुकी है। आखिर हाथ मार, कूड़ा समेट कर बाहर फेंकती है। दरवाजा अन्दर से बन्द करती है। झाड़ू यथास्थान रखती है। साबुन से हाथ-मुँह धोकर पोंछती है और शीशा, कंघा तथा प्रसाधन-सामग्री की छोटी मखमली सन्दूकची लेकर बैठ जाती है अपने को सँवारने। सबसे पहले बालों पर कंघी करके चोटी करती है। तत्पश्चात मुँह पर क्रीम मलती है। होंठों पर लाली लगाती है और फिर सिन्दूर की शीशी से छोटी सलाई निकाल कर माँग भरने को होती है। एकाएक आईने में अपनी सूरत देखती हुई सोच में डूब जाती है।)

बिन्दिया : **(अपने आप से)** क्या फायदा।...मैं पूछती हूँ आखिर क्या फायदा...? इस निगोड़ी माँग को भरने का...खाली नुमाइश ही तो हो जाती है...कि मैं खसम वाली हूँ... आग लगे ऐसे खसम में...निगोड़ा किसी काम का नहीं...मेरी भी मति मारी गयी थी जो अच्छे-खासे आदमी को छोड़कर इस मरगिल्ले से ब्याह रचाया... बदनामी हुई सो अलग...सब यही कहते होंगे जैसी माँ वैसी बेटी...बेचारा दारू पीता था, क्या बुरा करता था?...मरद दारू नहीं पियेंगे तो क्या अँगूठा चूसेंगे... दारू पीकर अगर वह दो-चार जमा दिया करता था तो

क्या आफत आ गयी थी...इतना पीटता था...लेकिन जान थोड़े ही जा रही थी। नशे में मरद बहक ही जाता है...अच्छे-अच्छे बहक जाते हैं...बड़े-बड़े पीने वाले बहक जाते हैं...पर न जाने क्या-क्या जुलुम ढाते हैं.. .झगड़ा करते हैं। दंगा करते हैं...छुरा चलाते हैं...लोगों को जान तक से मार देते हैं...लेकिन मजाल है जो उसने पीकर बाहर दंगा-फसाद किया हो...पीने के बाद सीधे घर ही आता था...मगर पता नहीं कमबख्त को क्या हो जाता था कि मुझे देखते ही उसे खून सवार हो जाता था...होगा किसी जन्म का बैर...कभी न कभी सुलझ ही जाता...कम से कम बाहर का तो कोई बवाल नहीं था। घर का झगड़ा घर ही में तो था...पर मुझे भी पता नहीं क्या सूझी थी जो उसे छोड़कर भाग आयी...वह भी तो मुझे फिर लेने नहीं आया...

(गला भर आता है।)

आ जाता तो क्या उसकी मूँछ नीची हो जाती...क्यों पड़ती इस ससुरे मास्टर के चक्कर में...बस जुबान का ही मीठा है और है क्या इसमें—न शकल, न सूरत, न मर्दानगी...बातों ही बातों में ऐसा जादू फेरा कि बस हो गयी लट्टू...अब क्यों रोती है बिन्दिया! जैसा किया वैसा भुगत...दो-दो ब्याह किये फिर भी हाथ जम कर रह गया कि माँग भरूँ या न भरूँ? अब भर ले, सोचती क्या है. ..नुमाइश के लिए ही सही...लोगों को क्या पता चलेगा कि घर में मरद होते हुए भी अकेले कुड़कुड़ाती है...

(माँग भर कर शीशे में भरपूर निगाह से अपना चेहरा देखती है और निश्वाँस छोड़ती है।)

...यह बनाव-सिंगार किसके लिए करती हूँ!

(अनमने भाव से सामान सिमेटकर एक ओर रखती है और अँगड़ाई लेती है। इस प्रयास में आँचल ढलक जाता है। उसके पुष्ट और उन्नत जोड़े जैसे कैद से छूटने को फड़फड़ा उठते हैं। वह

आँचल को सम्हालने का कोई प्रयास नहीं करती।)

ऐसी निगोड़ी जवानी का क्या फायदा!

(मन्थर गति से चलती हुई दरवाजे के पास जाती है। साँकल खोलती है और दरवाजे का एक पल्ला खोलकर बाहर झाँकती है। सड़क की आवाजें सुनाई देती हैं। एक आध–ठहाके। गाली-गलौज, बेबाक फिकरे। फूहड़ मजाक और सम्मिलित अट्टहास। वह कुछ देर दरवाजे पर यूँ ही खड़ी रहती है फिर दरवाजा बन्द कर वापस मुड़ती है।)

बिन्दिया : **(निश्वाँस छोड़ते हुए)**...भरपूर जिन्दगी है बाहर...जैसे छलकी जा रही हो और यहाँ मनहूस अकेलापन...यह जानलेवा तनहाई...

(तखत पर आकर उल्टी लेट जाती है। प्रकाश सिमिट कर उसी पर केन्द्रित हो जाता है। वह इधर-उधर करवटें बदलती है...फिर तकिये को सीने से लगा कर कसमसाती है। मन नहीं जमता तो तकिये को एक ओर फेंक कर दोनों हाथ सिर के नीचे रख निढाल सी लेट जाती है। आँचल ढलका है। लम्बी-लम्बी साँसों के उतार-चढ़ाव से सीना धौंकनी की तरह ऊपर-नीचे उठता-गिरता रहता है। क्रमशः अँधेरा उसे अपने आप में सिमेट लेता है।

कुछ क्षणों पश्चात प्रकाश फैलता है बिन्दिया तखत पर सो रही है, अस्तव्यस्त सी...कपड़ों की कुछ भी सुध-बुध नहीं है। बाहर से दरवाजे की कुण्डी खटकती है...बिन्दिया कुनमुना कर करवट बदलती है। कुण्डी फिर खटकती है। बिन्दिया एकाएक हड़बड़ा कर उठ बैठती है।)

बिन्दिया : **(उनींदी-सी)** कौन है?

(बाहर से आवाज आती है।)

आवाज : दरवाजा तो खोलिए भाभी जी...

बिन्दिया : **(तनिक चैतन्य होकर)** ओह...जीवन...अभी खोलती हूँ। एक मिनट रुको...

(जल्दी से कुल्ला करती है। मुँह पर पानी के छींटे मारती है और आँचल से हाथ-मुँह पोंछती हुई दरवाजा खोल देती है। जीवन अन्दर आता है। बिन्दिया दरवाजा पुनः बन्द कर देती है।)

जीवन : आधे घण्टे से कुण्डी खटखटा रहा हूँ...उस पर भी एक मिनट...

बिन्दिया : **(हँसती है)** जरा आँख लग गयी थी...पता ही नहीं लगा कब दिन निकल गया...

जीवन : भाई साहब नहीं हैं?

बिन्दिया : दिल्ली गये हैं।

जीवन : अच्छा, तभी घोड़े बेच कर सो रही थीं।

बिन्दिया : अब बैठोगे भी या यूँ ही रोब झाड़े जाओगे?

जीवन : बैठ कर क्या करूँगा भाई साहब तो हैं नहीं?

बिन्दिया : **(मुस्करा कर)** मैं तो हूँ...।

जीवन : अजी आपका क्या!

बिन्दिया : क्यों, क्या मैं इतनी बुरी हूँ?

जीवन : यह किसने कहा?

बिन्दिया : **(आग्रहपूर्वक)** तो बैठिये न, चाय पीकर जाइयेगा। हमेशा तो भाई साहब से मिलने आते हैं। आज मुझसे मिल लीजिए।

जीवन : अच्छा भाभी जी, इतना आग्रह है तो बैठ जाता हूँ।

बिन्दिया : ...वरना बैठने का मन नहीं था!

जीवन : अजी, आपके पास बैठने का किसका मन नहीं होगा।

(शरारतपूर्वक)

मैं तो उम्र भर आपके पास बैठा रह सकता हूँ।

बिन्दिया : रहने दो, अभी चाय पीकर ही कहोगे, अच्छा भाभी जी, अब...

जीवन : चलिए, आज यही देख लीजिए, मैं जाता हूँ या आप

मुझे भगाती हैं।

बिन्दिया : भला मैं क्यों भगाने लगी?

जीवन : तो भला मैं क्यों जाने लगा?

(दोनों हँसते हैं।)

बिन्दिया : बैठो, मैं चाय बनाकर लाती हूँ।

(जीवन बैठ जाता है। बिन्दिया रसोई घर में जाकर स्टोव पर चाय का पानी चढ़ाती है।)

जीवन : **(बैठे-बैठे ही)** अरे, ये भाई साहब हर पन्द्रह दिन बाद दिल्ली क्यों चल देते हैं!

बिन्दिया : बस, यूँ ही।

जीवन : क्या कोई बिजनेस-विजनेस शुरू कर दिया है?

बिन्दिया : इतनी अकल कहाँ है उनमें?

(पत्ती डालती है।)

जीवन : तो क्या कोई रिश्तेदारी का मामला फँस गया है?

बिन्दिया : यह सब कुछ नहीं।

(चीनी डालती है।)

जीवन : फिर?

बिन्दिया : अरे छोड़ो भी, क्यों बाल की खाल निकाल रहे हो?

(दूध डालती है।)

तुम्हारे भाई साहब कहीं जाते हैं तो क्या मुझे बता कर जाते हैं?

जीवन : आप कुछ छिपा रही हैं, भाभी जी?

बिन्दिया : मेरे पास क्या है छिपाने को?

(चाय कपों में छानती है।)

जो कुछ भी है सामने है...भाई साहब दिल्ली गये हैं...मैं यहाँ हूँ...इसमें छिपाने को क्या है?

(जैसे अपने आप पर हँस पड़ती है। हँसते-हँसते चाय लाकर जीवन को देती है। स्वयं भी एक कप लेकर पास ही जमीन पर बैठ जाती है। जीवन चाय लेकर भी पीता नहीं, गहरी नजरों से बिन्दिया

को देखता रहता है।)

बिन्दिया : **(भाँप कर)** मुझे ऐसे क्या देख रहे हो देवर जी? चाय पीजिए, ठण्डी हो जायेगी।

जीवन : बहुत गरम है...कुछ ठण्डी तो होनी ही चाहिए।

बिन्दिया : ठण्डी अपने आप तो होगी नहीं, फूँक मारो और पियो।

(हँसती है।)

जीवन : आप ठीक कहती हैं भाभी जी...

(चाय पीता है, बिन्दिया भी पीती है।)

बहुत अच्छी चाय बनाती हैं आप।

बिन्दिया : **(हँसती है)** तुम्हारी तो आदत पड़ गयी है, चापलूसी करने की।

जीवन : मेरा भला क्या स्वार्थ जो चापलूसी करूँगा!

(निगाहें उसके वक्ष पर टिक जाती हैं।)

बिन्दिया : **(तिरछी मुस्कान से)** यह भी बताना पड़ेगा?

(आँचल सहेजती है।)

जीवन : **(शरारतपूर्ण ढंग से)** बता दीजिए न।

(चाय खत्म कर खाली कप नीचे रखता है।)

बिन्दिया : डर कर भाग जाओगे।

जीवन : **(ढीठ होकर)** नहीं भागूँगा।

(बिन्दिया भी खाली कप एक ओर खिसका देती है।)

बिन्दिया : अच्छा, यह बताओ तुम्हारी निगाहें मेरे चेहरे पर ही क्यों टिकी रहती हैं?

जीवन : **(निडरता से)** इसलिए क्रि यह बहुत सुन्दर है।

बिन्दिया : और यहाँ पर...

(अपने वक्ष की ओर इशारा करती है)

जीवन : **(तनिक सकपका कर)** इसलिए...इसलिए...

बिन्दिया : **(उकसाती हुई)** हाँ-हाँ बोलो...हकलाओ मत...

जीवन : इसलिए कि ये हमेशा चुनौती देते नजर आते हैं।

बिन्दिया : और तुम इस चुनौती को स्वीकार करने के चक्कर में

चापलूसी करते हो...नहीं?

जीवन : **(झेंप कर)** आप बहुत चतुर हैं भाभी जी!

(बिन्दिया उन्मुक्त हँसी हँसती है। हँसते हुए वह अपना खाली कप उठा कर खड़ी हो जाती है फिर जीवन का खाली कप उठाने के लिए झुकती है। उसका आँचल ढलक जाता है। वह उसे सम्हालती नहीं। खाली कप उठाकर वह रसोई घर में जाकर रख देती है तब जीवन के सामने आकर आँचल सम्हालती है।)

एक बात पूछूँ?

बिन्दिया : **(सशंकित होकर)** पूछो?

जीवन : भाई साहब के साथ आपकी कैसी कट रही है?

बिन्दिया : बस गुजर रही है।

जीवन : आपका खयाल तो बहुत रखते हैं।

बिन्दिया : उससे क्या होता है?

जीवन : **(कुरेदते हुए)** क्यों?

बिन्दिया : **(चुप रहती है।)**

जीवन : **(किसी चतुर खिलाड़ी की तरह)** भाई साहब में क्या कोई कमी है!

बिन्दिया : **(क्रुद्ध कर)** कमी न होती तो हर पन्द्रह दिन बाद दिल्ली जाने की जरूरत क्यों पड़ती?

जीवन : क्यों जाते हैं भला?

बिन्दिया : **(तीखे स्वर में)** अपनी नामर्दगी का इलाज कराने।

(जीवन सन्न रह जाने का अभिनय करता है।)

जीवन : आप क्या कह रही हैं भाभी जी!

बिन्दिया : बहुत दिनों तक तो मुझे समझ में ही नहीं आया कि वे दिल्ली क्यों चले जाते हैं। जब भी पूछा उन्होंने यही कहा, स्कूल के काम से जा रहा हूँ। कभी ग्राण्ट, कभी शिक्षा मन्त्री, कभी प्रदर्शन...पोल तो तब खुली जब एक दिन उनके कुर्ते की जेब से दवाओं की शीशी और

मर्दाना कमजोरियों का इलाज वाले डाक्टर का पर्चा निकला...

जीवन : सचमुच अचरज की बात है। सीताराम ने यह सब मुझे कभी नहीं बताया।

बिन्दिया : **(तीखे स्वर में)** मैं जानती हूँ तुम्हारा अचरज बनावटी है। इतनी दोस्ती थी, तो क्या उन्होंने तुम्हें बताया न होगा। तुम्हें सब मालूम है। जान-बूझ कर घोंघाबसन्त बने हो। मेरे मुँह से सुनना चाहते थे न?...सुन लिया?...मेरे जख्मों को कुरेदना चाहते थे न?...कुरेद लिया? मैं सब समझती हूँ...ऐसे नामर्दों की बीवियों से उनके यार-दोस्त ही मौज उड़ाते हैं। इसीलिए मुझ पर डोरे डाल रहे थे...क्यों!

जीवन : **(चोट-सी खाकर)** भाभी...

बिन्दिया : **(मुस्कराती है)** गलत कह रही हूँ क्या! डाल रहे थे न डोरे मुझ पर?...अब शर्माते क्यों हो देवर जी? कहाँ गयी सारी शेखी?

(खिलखिला कर हँस पड़ती है। जीवन ठगा-सा खड़ा रहता है।)

कुछ गलत तो नहीं कर रहे थे जीवन बाबू...जग की रीत ही तो निभा रहे थे...मुझे कोई एतराज नहीं...आगे बढ़ो और कस लो मुझे अपनी बाँहों में...तुम्हें जरूरत है एक औरत की और मुझे जरूरत है एक मरद की...आओ, पा लें अपनी-अपनी सार्थकता...

(बिन्दिया आगे बढ़कर उसके कन्धों पर हाथ रख देती है। प्रकाश सिमटने लगता है।)

(फुसफुसाकर) समय की गति तेज है, इससे पहले कि वह सरक जाये...भरपूर उपयोग कर लो...

(जीवन अपने काँपते हाथ उसकी कमर के इर्द-गिर्द रखता है प्रकाश उन दोनों पर।)

जीवन : ...लेकिन भाई साहब?

बिन्दिया : परसों सुबह आयेंगे...इलाज कराने गये हैं...

(हँसती है)

मुझे बीमार छोड़कर...

(हँसती है)

मेरा इलाज कौन करेगा...?

(हँसती है)

तुम करोगे राजा...तुम...?

(हँसती है)

(जीवन उत्तेजित होकर उसे अपनी बाँहों में कस लेता है। बिन्दिया सीत्कार कर उठती है।)

बिन्दिया : **(सरसराते हुए)** कस लो...जितना चाहो उतना कस लो...एक-एक नस चटका दो...सारी हड्डियाँ तोड़ दो...आह...जालिम...मेरी जान ले लो...ले लो जान... आह...

(जीवन उसके जलते हुए होठों पर अपने दहकते हुए होठ रख देता है। सीत्कार अन्दर ही अन्दर घुट कर रह जाती है।

क्रमशः बढ़ता अँधेरा दोनों को अपने आगोश में ले लेता है।

कुछ पलों के अन्तराल के बाद प्रकाश तखत पर उभरता है। बिन्दिया लेटी है। जीवन उस पर झुका है।)

बिन्दिया : **(जैसे तृप्त होकर)** अब बस भी करो।

जीवन : नहीं...

(उसके होठों पर उँगली फेरता है)

बिन्दिया : अभी जी नहीं भरा?

जीवन : ऊँ हूँ...

बिन्दिया : सारा बदन तोड़ कर रख दिया...

(जीवन झुक कर उसे चूमता है।)

बिन्दिया : मुझे नींद आ रही है...

जीवन : बहुत तरसाया है मुझे...

बिन्दिया : सारी कसर आज ही निकाल लोगे?

जीवन : कुछ मत बोलो, आज की रात मेरी है।

(फिर झुक जाता है। प्रकाश विलीन हो जाता है। अँधेरे में उनकी साँसों के स्वर ही सुनायी पड़ते हैं। धीरे-धीरे सब कुछ शान्त हो जाता है।

रात खत्म होती है। सवेरे का उजाला फैलता है, दिन काफी चढ़ चुका है। दोनों अस्त-व्यस्त से लेटे हैं। बाहर से दूध वाले की हाँक सुनाई देती है।)

दूधवाला : (आवाज) मास्टर जी, दूध ले लो।

(बिन्दिया जमुहाई लेती हुई उठ बैठती है। सोये हुए जीवन पर एक नजर डाल कर मुस्कराती है और उठ कर रसोई से लोटा लेकर सावधानी से थोड़ा-सा दरवाजा खोलकर लोटा आगे सरका देती है।)

दूधवाला : (आवाज) मास्टर जी सो रहे हैं?

बिन्दिया : हैं नहीं, दिल्ली गये हैं।

(लोटा अन्दर कर दरवाजा बन्द करती है। जीवन पर नजर फेंकती हुई रसोई घर में जाती है। स्टोव जलाकर चाय का पानी चढ़ाती है। उठकर हाथ-मुँह धोती है। फिर आँचल से पोंछती हुई, जीवन के पास आती है। बैठकर उसके बालों को सहलाती हुई उसे जगाती है।)

सवेरा हो गया देवर जी...अभी उठने का इरादा है या नहीं?

(जीवन आँखें खोलता है। बिन्दिया को अपने पास ही पाकर मुस्कराते हुए, उसकी कमर में हाथ डाल देता है।)

अरे-अरे क्या करते हो...कुछ शरम लिहाज है या नहीं?

(जीवन उसे अपनी ओर खींचता है)

बड़े ढीठ हो गये हो जी! तुम्हें डर नहीं लगता?

जीवन : किसका डर?

बिन्दिया : अपने भाईसाहब का?

जीवन : वे तो दिल्ली में हैं।

बिन्दिया : तो क्या हुआ कल सुबह आ जायेंगे।

जीवन : यानी आज रात और...?

बिन्दिया : ना बाबा, मैं तो बाज आयी...एक बार पकड़ लेते हो तो छोड़ने का नाम ही नहीं लेते।

जीवन : तुम चीज ही ऐसी हो।

बिन्दिया : अपनी आदत से बाज नहीं आओगे। अच्छा उठो, नहा-धोकर नाश्ता-पानी कर लो...

जीवन : यह सब मैं घर जाकर करूँगा।

बिन्दिया : क्यों, यहीं कर लो।

जीवन : नहीं, घर पर माँ चिन्ता कर रही होगी।

(उठ कर बैठ जाता है।)

बिन्दिया : रात को याद नहीं आयी माँ की?

जीवन : तुम जो थीं।...अच्छा चलता हूँ...

बिन्दिया : अरे भले आदमी, हाथ-मुँह धोकर चाय तो पीते जाओ या यही शकल लेकर जाओगे माँ के पास...उठो, उधर पानी, साबुन, मंजन, तौलिया, सब कुछ है। तुम हाथ-मुँह धोओ, मैं चाय तैयार करती हूँ।

(जीवन बताई हुई जगह पर जाकर हाथ-मुँह धोने लगता है। बिन्दिया रसोई में जाकर चाय तैयार करती है। कनस्तर से कुछ खाने का सामान निकाल कर प्लेट में रखती है और चाय तथा नाश्ते की प्लेट लाकर तखत पर रखती है। इस बीच जीवन भी तैयार हो जाता है।)

जीवन : **(प्रसन्नचित्त)** वाह-वाह, क्या इन्तजाम है।

(चाय पीते हुए नाश्ता करने लगता है।)

बिन्दिया : तुम्हारे भाई साहब जाने के पहले कर गये थे।

जीवन : जवाब नहीं है भाई साहब का भी।

(हँसता है। बिन्दिया भी हँसती है।)

बिन्दिया : तुम्हारे भाई साहब जो ठहरे।

(जीवन जल्दी-जल्दी नाश्ता करता हुए चाय सुड़कता है।)

तुम तो चले जाओगे...दिन कैसे कटेगा?

जीवन : दिन भर सोना...रात में तो जागना है ही।

बिन्दिया : आज सारी रात नहीं...सुबह तड़के ही तुम्हारे भाई साहब आ धमकेंगे।

जीवन : मैं कहता था न, तुम्हीं भगाओगी।

(नाश्ता खत्म करता है।)

बिन्दिया : मालूम है, भाई साहब जान गये तो खून कर देंगे मेरा...

जीवन : एक चींटी तक तो मार नहीं सकते, किसी का खून क्या करेंगे?

बिन्दिया : कोई भी आदमी यह बर्दाश्त नहीं करेगा कि उसकी बीवी किसी दूसरे के साथ सोये।

जीवन : अच्छा-अच्छा, आधी रात तक तो ठीक है।

बिन्दिया : हाँ।

जीवन : अब चलूँ?

बिन्दिया : कब आओगे?

जीवन : जब कहो।

बिन्दिया : अँधेरा होते ही।

जीवन : ठीक है। जाने से पहले एक बार...

(उसे अपने अंक में भर लेता है।)

बिन्दिया : इतनी बेसब्री ठीक नहीं।

(वह उसे छोड़ देता है।)

ठहरो, मैं जरा बाहर झाँक कर आहट ले लूँ!

(बिन्दिया दरवाजा खोलकर इधर-उधर सावधानी से देखती है। फिर मुड़कर उसे इशारा करती है।)

सब ठीक है जाओ...जल्दी आना...

जीवन : हाँ-हाँ, बहुत जल्दी!

बिन्दिया : जहाँ तक हो सके दूसरों की नजरों से अपने को बचा कर...

(जीवन सिर हिला कर मुस्कराता हुआ बाहर निकल जाता है। वह दरवाजा अन्दर से बन्द कर साँकल चढ़ा देती है और यूँ ही दरवाजे से पीठ टिका कर खड़ी हो जाती है। उसकी आँखें किसी सोच में डूबती हुई छत पर टिक जाती हैं।

मंच पर अँधेरा छा जाता है।

पुनः प्रकाश लौटने पर बिन्दिया धोती बदलती नजर आती है। धोती बदल कर मखमली सन्दूकची लेकर बैठ जाती है सिंगार करने। और गुनगुनाते हुए अपने चेहरे को सँवारती है। सज-सँवर कर सन्दूकची यथास्थान रखती है। रसोई घर में जाती है। दो चमचमाती थालियाँ, कटोरी, गिलास, चम्मच इत्यादि निकाल कर बड़े चाव से उन्हें सजाती है। उनमें विभिन्न व्यंजन परोसती है। थालियाँ सजा कर वह दरवाजे तक जाती है। दरवाजा थोड़ा-सा खोलकर बाहर झाँकती है। फिर निराश होकर दरवाजा बन्द कर लेती है और कुछ चीजें इधर-उधर यूँ ही सहेजती है।

दरवाजे पर दस्तक होती है।

बिन्दिया के मुख पर प्रसन्नता नाच उठती है। वह दौड़कर दरवाजा खोलती है। जीवन अन्दर आता है। बिन्दिया जल्दी से दरवाजा बन्द कर उससे लिपट जाती है।)

बिन्दिया : **(शिकायत भरे स्वर में)** बड़ी देर लगा दी...मालूम है, इन्तजार करते-करते आँखें पथरा गयीं...

जीवन : बाजार चला गया था...देखो, क्या लाया हूँ तुम्हारे लिए...

(पाकेट से एक छोटी-सी डिबिया निकाल कर दिखाता है।)

बिन्दिया : **(उत्सुकता से)** क्या है?

जीवन : देख लो?

(बिन्दिया लेकर खोलती है)

बिन्दिया : **(खुशी से)** अँगूठी?

जीवन : हाँ, लाओ पहना दूँ।

(बिन्दिया हाथ बढ़ाती है जीवन उसे पहनाता है।)

कैसी है?

बिन्दिया : बहुत अच्छी...लेकिन क्या जरूरत थी इसकी?

जीवन : जरूरत थी।

(बाँहों में उसे भर लेता है।)

बिन्दिया : अच्छा-अच्छा, यह सब बाद में करना, पहले खाना खा लो...वैसे ही इतनी देर से रखा-रखा ठण्डा हो रहा है।

जीवन : यह खाने-वाने का झंझट क्यों किया?

बिन्दिया : वाह! दिन भर मर-खप कर, दुनिया भर की चीजें बनायी हैं मैंने तुम्हारे लिए और तुम्हें झंझट सूझ रहा है...खाओगे तो उँगलियाँ चाटते रह जाओगे।

जीवन : फिर तो मजा आ जायेगा।

बिन्दिया : अच्छा, तुम बैठो, मैं खाना लगाती हूँ।

(जीवन उसे छोड़ देता है। बिन्दिया जमीन पर चटाई बिछा कर खाना आदि लगाती है।)

आओ, बैठो, अब मुँह क्या देख रहे हो?

(जीवन पालथी मार कर बैठ जाता है)

जीवन : वाह-वाह...यह तो छप्पन प्रकार के पकवान बना लिए तुमने।

बिन्दिया : **(लजा कर)** ऐसा तो कुछ भी नहीं है।

जीवन : वाह! सब कुछ तो है...खीर-पूड़ी, हलवा, रायता,... साग-सब्जी...

बिन्दिया : अब खाओगे भी...या गिनती ही गिनते रहोगे...

जीवन : हाँ-हाँ, क्यों नहीं...तुम भी खाओ...

(खाने के लिए हाथ बढ़ाता है। बिन्दिया रोक देती है।)

बिन्दिया : आज मैं खिलाऊँगी तुम्हें, अपने हाथों से...

जीवन : (अदा से सिर झुका कर) परम सौभाग्य है मेरा...

(बिन्दिया बड़े प्यार से उसे खाना खिलाने लगती है–स्वयं भी खाती है। बीच-बीच में जीवन उसे छेड़ता जाता है। वह खिलखिला कर हँस पड़ती है। उसकी हँसी में जीवन भी सहयोग देता है। मंच पर अँधेरा हो जाता है।

कुछ देर बाद प्रकाश होता है। दोनों तखत पर दिखाई देते हैं एक-दूसरे की भुजाओं में। धीरे-धीरे वह अलग होते हैं।)

बिन्दिया : ...तुम वाकई मर्द हो।

(जीवन चुप रहता है।)

बिन्दिया : इतना सुख मुझे किसी ने नहीं दिया।

जीवन : रात बहुत बीत गयी है। कुछ ही देर में सवेरा हो जायेगा।

बिन्दिया : बहुत पहले की बात है, किसी ज्योतिषी ने कहा था कि तेरी जिन्दगी में कई मर्द आयेंगे बिन्दिया, लेकिन कामनाएँ कभी शान्त नहीं होंगी और यही कामनाएँ एक नया गुल खिलाएँगी।

जीवन : भाई साहब के आने का समय हो रहा है।

बिन्दिया : तुम्हें क्या लगता है...ज्योतिषी ठीक कह रहा होगा...?

जीवन : तुम भी कहाँ की ले बैठीं, यह लोग तो यूँ ही बका करते हैं।

बिन्दिया : तुम शायद ठीक कहते हो?

(जैसे किसी सोच में डूब जाती है।)

जीवन : मुझे अब चलना चाहिए।

बिन्दिया : ऊँ...हाँ...

(निश्वाँस लेती है।)

रात कितनी छोटी होती है...कैसे बीत गयी, पता ही नहीं चला...

(जीवन उठकर खड़ा हो जाता है। कपड़ों की सलवटें ठीक करता है। ढूँढ़कर चप्पल पहनता है।)

बीच-बीच में आते रहना। यह नहीं कि अब पन्द्रह दिन बाद ही...

जीवन : एक-आध बार आ जाऊँगा, भाई साहब के साथ ही...ज्यादा आने-जाने से उन्हें शक हो सकता है...

(दरवाजे तक जाकर साँकल खोलता है। बिन्दिया उसके पीछे-पीछे आती है)

अच्छा...

बिन्दिया : कैसे कटेंगे पन्द्रह दिन...

(जीवन सान्त्वना के लिए उसके गालों को थपथपाता है।)

जीवन : देखते ही देखते कट जायेंगे।

(दरवाजा खोल कर बाहर निकल जाता है।)

बिन्दिया : सम्हलकर जाना...

जीवन : **(आवाज सुनाई देती है।)** फिक्र न करो...

(बिन्दिया झाँक कर उसे जाता हुआ देखती है। दूर से एक-आध कुत्तों के भौंकने की आवाजें आती हैं।

आहिस्ते-आहिस्ते बिन्दिया अन्दर होकर दरवाजा बन्द करते हुए अँधेरे में गुम हो जाती है। बीच-बीच में कहीं दूर से कुत्तों के भौंकने के स्वर सुनाई देते हैं। धीरे-धीरे सब कुछ शान्त हो जाता है।)

कुछ देर बाद कुण्डी के खटकने के स्वर सुनाई देते हैं। मद्धिम प्रकाश में बिन्दिया दरवाजा खोलती दिखाई देती है।

दरवाजा खुलने के साथ ही चिड़ियों का कलरव सुनाई देता है। कमरा बहुत सुबह के सुर्मई प्रकाश से नहाने-सा लगता है। मास्टर सीताराम बैग लटकाये अन्दर आते हैं। चेहरे पर सफर की थकान। बिन्दिया दरवाजा बन्द करती है।)

बिन्दिया : कितने बजे गाड़ी आयी?

मा. सीताराम : पाँच बजे...राइट टाइम थी।

(जूते उतारते हैं। बिन्दिया बैग ले लेती है।)

बड़ी भीड़ थी। रात भर पिसता रहा। खड़े-खड़े टाँगें टूट गयीं।

(कपड़े उतार कर एक ओर रखते हैं और तखत पर बैठ जाते हैं।)

बिन्दिया : एक नींद ले लीजिए! स्कूल जरा देर से ही चले जाइएगा।

मा. सीताराम : जरा पानी पिला दो!

(बिन्दिया बैग एक ओर रख कर रसोई से पानी लाकर देती है। मास्टर जी पानी पीते हैं।

बिन्दिया : आप तो दिल्ली जाकर कानपुर को एकदम भूल ही जाते हैं।

(मास्टर जी खाली गिलास तखत के नीचे रखते हैं।)

मा. सीताराम : क्यों?

बिन्दिया : कितने दिन लगा दिये?

मा. सीताराम : न कहीं...दो दिन के लिए कह गया था, दो दिन बाद आ गया।

बिन्दिया : **(शिकायत के स्वर में)** मालूम है, अकेले रहना कितना कठिन लगता है। न कोई मिलने वाला, न कोई जुलने वाला... सारा घर काटने को दौड़ता है।

मा. सीताराम : अगली बार जाऊँगा तो जीवन से कह दूँगा...दिन में एक आध बार यहाँ हो लिया करे!

बिन्दिया : मुझे नहीं अच्छा लगता, पराये मर्दों का घर में आना जाना।

मा. सीताराम : जीवन पराया थोड़े ही है। वह मेरा बहुत अच्छा दोस्त है...फिर अब तीन महीने की बात और है...डाक्टर ने कहा है उसके बाद सब ठीक हो जायेगा।

बिन्दिया : **(सशंकित-सी)** भगवान करे ऐसा ही हो...अच्छा, अब आप सो जाइये...या चाय-वाय पीकर...

मा. सीताराम : नहीं-नहीं, वह सब बाद में ही करूँगा।

(मास्टर जी लेट जाते है। बिन्दिया उनके पैताने बैठकर पैर दबाती है। कुछ ही देर में मास्टर जी के खर्राटे सुनाई देने लगते हैं।

मंच पर अँधेरा।

कुछ देर बाद पुनः प्रकाश लौटता है। बिन्दिया रसोईघर में खाना बनाने की तैयारी में लगी है। चूल्हे पर कड़ाही। कड़ाही में सब्जी पक रही है। बीच में बिन्दिया उसे एक पुराने घिसे कलछुल से चला देती है।

मास्टर सीताराम स्कूल से वापस लौटकर बस बैठे ही हैं।)

बिन्दिया : कब तक यूँ ही बैठे रहेंगे? हाथ-मुँह धो निवृत्त होकर बैठिये या कहीं जाना है?

मा. सीताराम : ट्यूशन पर ही जाना था। लेकिन अब मन नहीं कर रहा।

बिन्दिया : क्यों, थक गये क्या?

मा. सीताराम : थक क्या गया हूँ। इस साली स्कूल-मास्टरी से बाज आ गया।

बिन्दिया : स्टाफ में किसी से कुछ कहा-सुनी हो गयी या हेड मास्टर से...

मा. सीताराम : स्टाफ से क्या कहा-सुनी होगी...सब साले एक से हैं मिट्टी जैसे!...और हेड मास्टर भी ससुरा निरा लोंदा है।

बिन्दिया : कुछ बतायेंगे भी आखिर हुआ क्या?

मा. सीताराम : क्या बताऊँ पाँचवीं कक्षा का छात्र था। क्लास खत्म हो गया था। सभी लड़के चले गये थे। मैं भी स्टाफ रूप में आ गया था। अचानक मुझे खयाल आया कि मैं अपना पेन तो मेज पर ही छोड़ आया हूँ। लेने पहुँचा तो देखा हजरत एक कोने में जुटे अपना पुरुषत्व आजमा रहे थे...मुझसे रहा नहीं गया, दो झापड़ रसीद कर दिये और कह दिया अपने बाप को बुला कर लाओगे तभी क्लास में बैठने दूँगा।

बिन्दिया : ठीक ही किया।...

(कलछुली से कड़ाही की सब्जी चलाती है।)

यह कलछुली भी बाबा आदम के जमाने की है...फिर?

गा. सीताराम : फिर क्या, वह जाकर अपने बाप को बुला लाया। बाप बजाय इसके कि अपने लड़के की हरकत पर शर्मिन्दा होता, लाड़ले का पक्ष लेकर मुझसे झगड़ा करने पर ही आमादा हो गया।

बिन्दिया : बाकी लोग कुछ नहीं बोले!

मा. रीताराम : सब उसी की हाँ में हाँ मिलाते रहे। बाद में हेडमास्टर मुझसे बोला, उसके लड़के को कुछ मत कहा करो?.. .वह मैनेजमेंट कमेटी का मेम्बर है। काफी चन्दा देता है स्कूल को...यह हाल हैं इन लोगों के...और...खेर, छोड़ो...मैं भी कहाँ की ले बैठा...बाजार से कुछ लाना तो नहीं है?

बिन्दिया : आप तो कह रहे थे जाने का मन नहीं है।

मा. सीताराम : हाँ...लेकिन अब सोचता हूँ न जाकर भी क्या होगा!

(जूते पहन कर जाने को तैयार हो जाते हैं।)

बताया नहीं तुमने क्या लाना है?

बिन्दिया : अभी तो सब कुछ है।...

(मास्टर जी जाने लगते हैं।)

बिन्दिया : **(जैसे याद आ गया हो)** अरे सुनिये...

(मास्टर जी रुक जाते हैं)

एक नयी कलछुल ला दीजिए!

(रसोई से कलछुल लेकर मास्टर जी के नजदीक जाती है।)

देखिए, कितनी घिस गयी है...कैसी तीखी धार निकल आयी है...जब भी माँजती हूँ, उँगली ही कट जाती है।

मा. सीताराम : किसी दिन हटिया जाऊँगा तो लेता आऊँगा।

(दरवाजा खोलकर बाहर निकल जाते हैं। बिन्दिया दरवाजा अन्दर से बन्द कर साँकल चढ़ाती है। लौट कर पुनः रसोई घर में जाती है और चूल्हे के पास बैठकर कलछुली से सब्जी चलाने लगती है। मंच पर अँधेरा।

कुछ देर बाद रसोई घर में पुनः प्रकाश होता है। बिन्दिया रसोई घर की दीवार पर लकीरें खींचते हुए गिनती गिन रही है। इसके साथ ही प्रकाश धीमा-तेज होता रहता है जैसे समय गुजरने का आभास दे रहा हो।)

बिन्दिया : ...पाँच...छै...सात...आठ...नौ...दस...ग्यारह...बारह... तेरह...चौदह...और ये पन्द्रह।

(जैसे छुटकारे की साँस मिली हो।)

बीत ही गये आखिर...। कितनी मुश्किल से कटे। एक-एक दिन जैसे एक-एक युग।...ऐसे बीते ये पन्द्रह दिन!

(खड़ी होकर अँगड़ाई लेती है।)

...दुष्ट जादूगर जायेगा जंगल...शिकार के लिए... मेरा राजकुमार आयेगा..मुझे अपनी बाँहों में भर लेगा।...जीभर कर प्यार करेगा और ले जायेगा अपनी सपनों की दुनिया में...

(खिलखिला कर हँस पड़ती है। एकाएक कुण्डी खटकती है। वह सहम कर एक पल के लिए ठगी-सी रह जाती है। कुण्डी फिर बजती है। वह

अपने को सहेज कर दरवाजे की ओर बढ़ती है।)

कौन है?

(मास्टर सीताराम की आवाज सुनाई देती है।)

मा. सीताराम : **(बाहर से)** दरवाजा खोलो, मैं हूँ!

बिन्दिया : खोलती हूँ।

(दरवाजा खोलती है, मास्टर सीताराम अन्दर आते हैं, उनके हाथों में कुछ पैकेट तथा घरेलू सामग्री-साग-सब्जी इत्यादि से भरा एक थैला है।)

मा. सीताराम : ...ये लो...जो-जो तुमने कहा था, सब ले आया हूँ।

(सामान बिन्दिया को पकड़ाते हैं।)

दो दिन के लिए सब्जी भी है।

(जूते उतारते हैं।)

तैयारी कर दी?

बिन्दिया : अभी किये देती हूँ। दो मिनट में, करना ही क्या है?

मा. सीताराम : एक जोड़ी पहनने के कपड़े, तौलिया...

बिन्दिया : जानती हूँ...राव जानती हूँ...इतनी बार तो रख चुकी हूँ...अभी भी बताना पड़ेगा...।

(बैग निकाल कर उसमें मास्टर जी के सफर की आवश्यक सामग्री रखने लगती है।)

आप अपनी तैयारी करिये।

मा. सीताराम : हूँ...

(हाथ-मुँह धोने चल देते हैं। इस बीच बिन्दिया बैग लगभग तैयार कर देती है। मास्टर जी हाथ-मुँह धोकर बाहर आते हैं।)

मा. सीताराम : हो गया?

बिन्दिया : बस, खाना रखना बाकी है।

(मास्टर जी कंघी करते हैं। बिन्दिया रसोई घर में जाकर खाने की पोटली बाँधती है।)

मा. सीताराम : जीवन से मैंने कह दिया है कि वह दिन में एक आध

बार आ जाया करेगा। किसी चीज की जरूरत हो तो उससे निःसंकोच कह देना।

बिन्दिया : बेकार कह दिया आपने। मुझे पसन्द नहीं है यह सब।

(खाने की पोटली लाकर बैग में रखती है।)

अब आप भी खाना खा लीजिए।

मा. सीताराम : हाँ, लाओ, परस दो।

(मास्टर जी चटाई जमीन पर बिछाते हैं। बिन्दिया रसोई घर में जाकर एक थाली में खाना परोस कर लाती है। पानी का लोटा भी रखती है।)

बिन्दिया : शुरू कीजिए।

मा. सीताराम : और तुम?

बिन्दिया : अभी भूख नहीं है, बाद में खा लूँगी। आप जल्दी से खा लीजिए।

(मास्टर जी खाना शुरू करते हैं।)

बिन्दिया : कभी मुझे भी दिल्ली ले चलिए!

मा. सीताराम : ले चलूँगा...ले चलूँगा...सब ठीक हो जाय फिर एक साथ चलेंगे। डाक्टर ने भी कहा था, कभी तुम्हें लेकर आऊँ?

बिन्दिया : **(आश्चर्य से)** उसे मेरे बारे में क्या मालूम?

मा. सीताराम : मैंने बताया था।

(बातें करते हुए खाना खाते हैं।)

बिन्दिया : **(मुँह बिचका कर)** मुझे नहीं जाना डाक्टर-वाक्टर के यहाँ।...मैं तो चाँदनी चौक जाऊँगी, कुतुब मीनार देखूँगी,...लालकिला घूमूँगी...बिड़ला मन्दिर जाऊँगी।... सुना है चाँदनी चौक बहुत अच्छा बाजार है, सब कुछ मिलता है।

मा. सीताराम : हाँ।

(पानी पीते हैं)

बिन्दिया : और क्या कुतुब मीनार सचमुच इतनी ऊँची है कि उस पर चढ़ कर लोग आसमान को छू लें?

मा. सीताराम : **(हँस पड़ते हैं)** अरे पगली, यह तो एक मुहावरा है।

(खाना समाप्त करते हैं।)

कुतुब मीनार ऊँची जरूर है लेकिन इतनी नहीं कि लोग उस पर चढ़ कर आसमान को ही छूने लगें। दरअसल वह इतनी ऊँची है कि देखने पर लगता है जैरो आसमान को छू रही है।

बिन्दिया : हाय राम, मैं तो अभी तक यही समझती थी...

मा. सीताराम : **(हँसते हैं।)**

(बिन्दिया जूठे बर्तन उठाकर रसोई घर में रखने जाती है। मास्टर जी हाथ धोने के लिए उठ जाते हैं। बर्तन रख कर बिन्दिया बाहर निकलती है। गास्टर जी मुँह-हाथ धोते हुए बाहर आते हैं।)

मा. सीताराम : बिन्दिया, तुम सचमुच बहुत भोली हो।

बिन्दिया : **(लजा जाती है।)**

मा. सीताराम : **(उसके पास जाकर)** और बहुत अच्छी भी।

बिन्दिया : **(सिर झुका लेती है।)**

मा. सीताराम : **(उसकी ठोढ़ी को ऊँचा करते हुए)** मैं तुम्हें हृदय की गहराइयों से प्रेम करता हूँ बिन्दिया...। मैं सब कुछ भूल गया तुम्हें पाकर...मुझे लगता है, मेरी झोली में दुनिया की सारी खुशियाँ सिमट आयी हैं।...मैं जानता हूँ, मैंने तुम्हारे साथ अन्याय किया है।...लेकिन क्या तुम मुझे माफ नहीं करोगी? बिन्दिया। शारीरिक सुख तो एक भौतिक सुख है...क्षणिक आनन्द!..वह क्षण गुजर जाता है तो विरक्ति उत्पन्न होती है मन में...भोगा हुआ एक-एक पल जी को सालता है...मन उसकी सार्थकता खोजता है।...परन्तु आत्मिक मिलन अलौकिक है, अपूर्व और अटूट भी।...एक बार हो जाय तो हर घड़ी गहराता ही जाता है।...यह वह रंग है जो कभी फीका नहीं पड़ता। इसका आनन्द महसूस किया जा सकता है, बताया नहीं।...बिन्दिया, मैं तुम्हें अपनी आत्मा से प्रेम

करता हूँ...तुम्हारा रंग...रूप-यौवन, शरीर-आत्मा सब कुछ मेरी आत्मा में घुल-मिल गया है। मर भी जाऊँगा तो मेरी आत्मा तुम्हारे लिए ही भटकेगी...

(बिन्दिया किंकर्त्तव्यविमूढ़-सी पाषाण प्रतिमा बनी खड़ी रहती है। मास्टर जी और भी व्याकुल हो जाते हैं।)

मैं तुम पर अटूट विश्वास करता हूँ बिन्दिया...तुम मेरी हो यह विश्वास ही मुझे मेरी असमर्थता को समर्थता में बदलने की क्षमता देगा।...

(उसे झकझोरते हुए)

...मेरे प्रेम, मेरे विश्वास, मेरी आस्था को ठुकराना मत...मुझे छोड़ कर मत चली जाना बिन्दिया...बोलो, जाओगी तो नहीं?

बिन्दिया : **(धीमे स्वर में)** आज आप कैसी बातें कर रहे हैं?...मैं कैसे भूल सकती हूँ कि आपने मुझे नारकीय जिन्दगी से उबार कर शरण दी...

(एकाएक खिलखिलाकर हँस पड़ती है।)

मगर यह सारी बातें करने का क्या यही वक्त रह गया था? दिल्ली नहीं जाना है?

मा. सीताराम : **(चौंक कर)** ओह हाँ...अरे बहुत देर हो गयी...जल्दी करो...

बिन्दिया : **(हँसती है)** मैं क्या जल्दी करूँ, जाना आपको है या मुझे? सब कुछ तो तैयार है, बैग उठाइये और...

मा. सीताराम : हाँ-हाँ...

(बैग उठाते हैं।)

डाक्टर का पर्चा और दे दो।...

(बिन्दिया पर्चा लेने को बढ़ती है। मास्टर जी जेबें टटोलते हैं।)

अरे रहने दो, है मेरे पास!

(दरवाजे की ओर बढ़ जाते हैं।)

बिन्दिया : अरे जूते तो पहन लीजिए। या यूँ ही जायेंगे?

(मुँह पर आँचल रख कर हँसती है।)

मा. सीताराम : पता नहीं मुझे आज क्या हो गया है!

(जूते पहनते हैं।)

लाओ, शाल भी दे दो...रात में कुछ ठण्ड होने लगी है।

बिन्दिया : अभी देती हूँ।

(शाल निकाल कर देती है। मास्टर जी शाल कन्धे पर डाल लेते हैं। बिन्दिया आगे बढ़ कर दरवाजा खोलती है।)

मा. सीताराम : अपना खयाल रखना।

बिन्दिया : मेरी चिन्ता मत कीजिए, रास्ते में अपना खयाल रखियेगा।...

(मास्टरजी जेब से कुछ रुपये निकाल कर देते हैं।)

मा. सीताराम : ये रख लो...शायद जरूरत पड़े। **(बाहर निकल जाते हैं।)**

(बिन्दिया दरवाजे पर खड़ी हो जाती है।)

बिन्दिया : जल्दी लौटियेगा।

मा. सीताराम : **(बाहर से)** दो दिन बाद आ जाऊँगा।

(कुछ देर खड़ी रहती है। फिर दरवाजा बन्द कर अनमनी-सी रसोई घर में उठाया-धरी करती है। हाथ-मुँह धोती है। और मखमली सन्दूकची लेकर बैठ जाती है। अपने को सँवारने।

प्रकाश बिन्दिया पर ही सिमट आता है। बिन्दिया शीशा उठा कर अपनी शक्ल देखती है। चेहरे पर यूँ ही इधर-उधर हाथ फेरती है। धीरे-धीरे उसका हाथ माँग पर जाकर ठहर जाता है। वह जैसे किसी सोच में डूब जाती है।...

पृष्ठभूमि से रेलगाड़ी गुजरने के स्वर उभरते हैं। उनके बीच मास्टर सीताराम की आवाज सुनाई देती है।)

मा. सीताराम : मेरे प्रेम, मेरे विश्वास, मेरी आस्था को ठुकराना मत। मुझे छोड़कर मत चली जाना बिन्दिया बोलो, जाओगी तो नहीं...

(रेलगाड़ी के स्वर इतने तीव्र हो जाते हैं कि मास्टर जी की आवाज गुम हो जाती है।

यकायक दरवाजे पर थाप पड़ती है। बिन्दिया चौंक जाती है।)

बिन्दिया : कौन?

(बाहर से जीवन की आवाज सुनाई देती है)

जीवन : जीवन।

बिन्दिया : खोलती हूँ।

(उठ कर दरवाजा खोलती है। जीवन अन्दर आ कर दरवाजे की साँकल स्वयं बन्द कर देता है।)

जीवन : भाई मान गया, ऐसा जादू किया तुमने भाई साहब पर कि वे खुद ही मुझसे यहाँ आने को कह गये...अब तो किसी बहाने की जरूरत भी नहीं पड़ेगी।

(उसे अपनी बाँहों में भरना चाहता है। बिन्दिया उसे आहिस्ते से रोक देती है।)

जीवन : **(आश्चर्य से)** अरे क्या हो गया है तुम्हें? तबियत तो ठीक है?

बिन्दिया : मैं ठीक हूँ!

जीवन : फिर?

बिन्दिया : एक बात पूछूँ?

जीवन : क्या है?

बिन्दिया : **(एक क्षण चुप रह कर)**...तुम्हें ऐसा नहीं लगता है, जैसे हम पाप कर रहे हों!

जीवन : बिलकुल नहीं!

बिन्दिया : तुम अपने दोस्त को धोखा दे रहे हो, ये भी नहीं?

जीवन : मैं तो एक तरह से उस पर उपकार ही कर रहा हूँ।

बिन्दिया : मैं अपने पति को धोखा दे रही हूँ, इसका भी तुम्हें एहसास नहीं?

(जीवन उसकी आँखों में आँखें डाल देता है।)

जीवन : तुम्हारा मन अस्थिर और डाँवाडोल लग रहा है। भाई साहब ने कुछ कहा तो नहीं?

बिन्दिया : नहीं, उन्होंने कुछ नहीं कहा।

जीवन : उन्हें मालूम तो नहीं हो गया?

बिन्दिया : नहीं!

जीवन : फिर तुम्हारा मन उखड़ा-उखड़ा-सा क्यों है?

बिन्दिया : कुछ नहीं, सोचती हूँ...वे मुझ पर इतना विश्वास करते हैं और मैं...

(पैर के अँगूठे से जमीन कुरेदने लगती है।)

जो हो गया सो हो गया, अब हमें यह पाप कहानी यहीं खत्म कर देनी चाहिए।

(जीवन उसे व्यंग्यपूर्वक देखता है और ठहाका मार कर हँस पड़ता है।)

जीवन : अरे बिन्दिया रानी, लगता है आज तो तुम्हारे ज्ञान चक्षु खुल गये हैं। बड़ी धरम-करम और पाप-पुण्य की बातें कर रही हो। लेकिन याद रखो। खाली बातों से ही कुछ नहीं होता। कोरी बातें कब तक मन बहलायेंगी। यथार्थ जब तक मुँह फैलाये खड़ा रहता है तो ऐसी लुंज-पुंज बातों का खोखलापन सामने आ जाता है। पाप और पुण्य मन का भरम है। सब इन्सान का रचाया हुआ ढोंग है। अपने स्वार्थ और सुविधा के लिए ही यह परिभाषायें गढ़ी गयी हैं। एक आचरण किसी स्थान पर पाप होता है तो वही दूसरे स्थान पर पुण्य बन जाता है। एक स्त्री केवल इसीलिए पापिनी, व्यभिचारिणी, दुराचारिणी और न जाने क्या-क्या हो जाती है क्योंकि वे पराये पुरुष की ओर आँख भर उठा कर देख लेती है। जबकि जीवन भर पुरुष सदाचारी ही रहता है, भले ही वह हर रात एक नयी स्त्री के साथ सोये!

(उसके दोनों कन्धों पर हाथ टिका कर उसकी आँखों में आँखें डाल देता है।)

बिन्दिया रानी न तो तुमने कोई पाप किया है और न ही पाप कर रही हो। पाप तो तब होता जब तुम अपनी कामनाओं को कुचलने का प्रयत्न करतीं। शरीर की स्वाभाविक जरूरतों तथा इच्छाओं का गला घोंट, अपनी आत्मा का हनन कर पतिव्रता बनने का ढोंग रचातीं, तब पाप होता। मान लो, तुममें किसी प्रकार की कमी होती तो क्या तुम्हारा पति भक्त बना खामोश बैठा रहता? नहीं, बिलकुल नहीं। हर औरत को ललचायी नजरों से देखता। बाजारू औरतों के पीछे-पीछे दुम हिलाता घूमता। फिर तुम्हें सोच किस बात का? मास्टर सीताराम नपुंसक हैं। तुम्हारी शारीरिक जरूरतें वे पूरी नहीं कर सकते। ऐसी स्थिति में तुमने एक साधन ढूँढ लिया तो इसमें पछतावा किस बात का? इतना सोच-विचार कैसा?

बिन्दिया : **(एक क्षण चुप रह कर)** अगर कुछ ठहर गया?

जीवन : तो तुम्हें खुशी ही होगी कि वे मुफ्त में बाप बन गये। रास्ते में सर उठा कर तो चल सकेंगे, उनके मन में की ग्लानि तो कुछ कम हो जायेगी।

बिन्दिया : उन्हें पक्का विश्वास हो जायेगा कि मेरा सम्बन्ध किसी न किसी से अवश्य रहा है। वे बार-बार जानने की कोशिश करेंगे कि मेरे बच्चे का बाप कौन है?

जीवन : यह सब कुछ सम्भव है रानी, परन्तु यदि वे समझदार होंगे तो तुमसे कोई सवाल नहीं करेंगे। अपने सारे सवालों का जवाब अपने आप में ढूँढ़ने की कोशिश करेंगे।

(उसे अपने आलिंगन में कस लेता है। वह कोई विरोध नहीं करती है।)

(मुस्कराकर) बहुत भोली हो तुम।

(बिन्दिया कहीं खोई हुई उसकी ओर देखती है। वह उसके कपोलों पर चुम्बन टिका देता है।)

अच्छा, अब देर न करो, जल्दी से तैयार हो जाओ मेरे

कुछ दोस्त आने वाले हैं—

बिन्दिया : **(आश्चर्य से)** यहाँ?

जीवन : तो क्या हुआ? दरअसल आज उनका खाने-पीने का प्रोग्राम था। मुझे अपने साथ ले जाना चाहते थे। पक्के दोस्त हैं। टालने से भी नहीं टलते इसलिए मैंने सोचा यहीं क्यों न बुला लूँ सबको!

बिन्दिया : **(सोच में पड़ जाती है)** लेकिन अड़ोस-पड़ोस के लोग इतने लोगों को रात में आते-जाते देखेंगे तो क्या कहेंगे?

जीवन : चिन्ता मत करो...सबको मैंने समझा दिया है। वे सावधानी से आयेंगे। जाते वक्त इतनी रात होगी, कौन देखेगा उन्हें?

बिन्दिया : तो उनके खाने-पीने का प्रबन्ध करूँ?

जीवन : वे सब अपने साथ लायेंगे।

बिन्दिया : मुझे बड़ा अजीब-सा लग रहा है...कुछ डर भी...

जीवन : घबड़ाने की कोई बात नहीं है। वे सब मेरे बहुत अच्छे और शरीफ दोस्त हैं। काम-धन्धे वाले। एक बैंक में काम करता है, दूसरा सिनेमा में बुकिंग क्लर्क है। तीसरा अखबार में काम करता है। मैंने उनसे तुम्हारी बड़ी तारीफ की है। वो सब तुमसे मिलने को बहुत इच्छुक हैं।

बिन्दिया : **(सशंकित होकर)** मेरे बारे में उन्हें क्या बताया?

जीवन : यही कि तुम मेरी वफादार भाभी हो...अच्छा, तुम धोती-वोती बदल लो। जल्दी से वे कमबख्त आते ही होंगे।

(बिन्दिया आड़ में जाकर ब्लाउज बदलती है। फिर धोती। जीवन पहले तो यूँ ही चहलकदमी करता रहता है। फिर अचानक उसके सामने पहुँच जाता है। वह झेंप जाती है।)

बिन्दिया : **(लजा कर)** यहाँ से हटो! मैं आती हूँ!

जीवन : (हँसता है) मुझसे शर्म कैसी! लाओ मैं ही पहना दूँ।

बिन्दिया : नहीं, नहीं,...मैं पहन लूँगी...

जीवन : नहीं, मैं पहनाऊँगा...उलटे पल्ले की...खूब अच्छी-सी. ..वो लोग आ रहे हैं न...देखना ऐसे लगोगी कि उनकी आँखें फट जायेंगी?

बिन्दिया : धत्...

(लेकिन उसके विरोध करते हाथ रुक जाते हैं। जीवन धोती पहनाने लग जाता है। दरवाजे पर हल्की-सी थाप पड़ती है।)

जीवन : लगता है आ गये वो लोग।

बिन्दिया : **(जल्दी से)** तुम उन्हें बैठाओ चलकर, मैं आती हूँ अभी।

(जीवन दरवाजा खोलता है। तीन युवक अन्दर आते हैं। उनके हाथों में थैलियाँ, पैकेट, कागज में लिपटी बोतल इत्यादि खाने-पीने की सामग्री है। उनके होठों पर रहस्यमय मुस्कान है और आँखों में एक खास किस्म की चमक। जीवन मुस्कराकर उनका स्वागत करता है।)

जीवन : आओ, आओ!–दीक्षित, सईद भोला...इधर आ जाओ...बैठो...बैठो...

(तीनों एक नजर में कमरे का भूगोल देखते हुए परस्पर मौन संकेतों का आदान-प्रदान करते हुए बैठ जाते हैं। बोतल तखत के नीचे सरका देते हैं। अन्य सामग्री तखत पर ही रख लेते हैं।)

घर ढूँढ़ने में कोई परेशानी तो नहीं हुई।

दीक्षित : नहीं गुरु, तुमने सही नक्शा खींचा था।

सईद : **(रहस्यपूर्ण स्वर में)** सब ठीक है?

जीवन : **(आँख दबा कर)** बिलकुल चौकस!

भोला : कहाँ है?

जीवन : कपड़े बदल रही है।

दीक्षित : गुरु का इन्तजाम सही रहता है।

जीवन : जरा धीमे।...

सईद : धीमे बोलो!

भोला : नहीं हड़क जायेगी।

जीवन : ठीक समझे...यहाँ तुम लोग शरीफ आदमी हो...

दीक्षित : **(आँख दबाकर)** शरीफ

सईद, भोला :
दीक्षित : } **(एक साथ)** आदमी...

(हँसते हैं। दीक्षित सिगरेट निकालता है। बाकी लोगों को भी पेश करता है।)

भोला : **(जीवन से)** माचिस देना!

जीवन : अभी लो—

(बिन्दिया के पास जाता है। वह कपड़े बदल चुकी है।)

जीवन : **(बिन्दिया से)** तैयार?

बिन्दिया : हाँ...पर मुझे बड़ा अजीब-सा लग रहा है...ऐसा नहीं हो सकता कि मैं उनके सामने न जाऊँ...?

जीवन : अरे नहीं! क्या सोचेंगे। ये लोग...जरा माचिस देना।
(वह देती है)
आओ!

बिन्दिया : **(गिड़गिड़ाती-सी)** अरे कैसी बातें करते हो। घर में मेहमान बैठे हैं और तुम...
(हाथ पकड़ लेता है।)
आओ...!

बिन्दिया : **(हार मान कर)** अच्छा, हाथ छोड़ो, मैं चलती हूँ।
(जीवन के पीछे-पीछे जाती है। जीवन भोला की ओर माचिस उछाल देता है।)

जीवन : यह लो मचिस। सईद, दीक्षित, भोला बहुत बेताब थे न, लो मिलो यह हैं हमारी भाभी जी।

(जीवन की आवाज पर दीक्षित और सईद मुड़कर देखते हैं। उन्हें बिन्दिया दिखाई देती है...सुन्दर,

सलोनी बिन्दिया...तीनों उसके सौन्दर्य को आँख फाड़े देखते रह जाते हैं। बिन्दिया हाथ जोड़कर नमस्ते करती है।)

बिन्दिया : नमस्ते...

(उनकी तन्द्रा टूटती है। वे भी हड़बड़ाकर नमस्ते करते हैं।)

दीक्षित : नमस्ते!

सईद : नमस्ते भाभी जी!

भोला : नमस्ते...

सईद : जीवन ने आपकी बहुत तारीफ की थी...

दीक्षित : इसीलिए सोचा आपके दर्शन कर ही लिये जायें।

(सिगरेट सुलगाता है। बाकी लोग भी।)

भोला : बड़ी खुशी हुई आपसे मिलकर...

जीवन : **(बिन्दिया से)** यह दीक्षित जी बैंक में हैं।

सईद : मैं सिनेमा में बुकिंग क्लर्क हूँ!

जीवन : और यह भोला, यहाँ के दैनिक समाचारपत्र में संवाददाता।

बिन्दिया : आप लोग बैठिये, मैं चाय बना कर लाती हूँ।

सईद : नहीं...नहीं, आपको तकलीफ करने की कोई जरूरत नहीं। इतमिनान से बैठिये...यहाँ सब कुछ है। बस आप जरा चार-पाँच गिलास दीजिए।

बिन्दिया : अभी लाती हूँ!

(रसोई घर में जाती है।)

दीक्षित : **(जीवन से)** गुरु?

(तखत के नीचे रखी बोतल की ओर इशारा करता है।)

तुम्हीं सम्भालो!

जीवन : चिन्ता न करो...

(मेज की फालतू चीजें हटा कर जगह बनाता है।)

(तीनों से) बस जरा कायदे से रहना!

सईद : मेरी ओर से निशाखातिर रहो...दीक्षित भाई भी पहुँचे

हुए हैं...बस इसी भोलुए को सम्हालना पड़ेगा...साला ढक्कन भर में बौड़ियाने लगता है!

भोला : मुझे क्या कह रहे हो, अपने को ही सम्हालना। हर कोने में ओ–अ–अ...ओ–अ–अ करते फिरोगे!

(बिन्दिया खाली गिलास और पानी लेकर आती है।)

जीवन : यहीं मेज पर रख दो।

(बिन्दिया मेज पर गिलास रखकर सशंकित नजरों से उन्हें देखती है। जीवन बोतल निकाल कर मेज पर रखता है। स्वयं कुर्सी खींच कर मेज के पास ही बैठने को होता है कि बिन्दिया उसे रोक देती है।)

बिन्दिया : सुनो, जीवन–

(रसोई घर की ओर जाती है। जीवन भी उसके पीछे जाता है।)

भोला : कुछ लफड़ा तो नहीं है?

दीक्षित : तू क्यों डरता है बे?

भोला : मुझे तो गड़बड़ लग रही है।

सईद : बोलो मत। देखते जाओ।

(रसोई घर में)

बिन्दिया : तुम लोग शराब पियोगे?

जीवन : तो क्या हुआ?

बिन्दिया : यह ठीक नहीं है।

जीवन : क्यों?

बिन्दिया : पीने के बाद पता नहीं ये लोग क्या हंगामा करें!

जीवन : ये लोग वैसे नहीं हैं।

बिन्दिया : नशेबाजों का क्या भरोसा?

जीवन : सबको एक जैसा क्यों समझती हो? हम जरा मजे के लिए थोड़ी-थोड़ी लेंगे। गपशप करेंगे। बस। परेशान क्यों होती हो?

बिन्दिया : डरती हूँ...कहीं अड़ोस-पड़ोस वालों को खबर लग गयी

तो गजब हो जायेगा।

जीवन : मेरे ऊपर भरोसा रखो। कुछ भी ऐसा नहीं होगा जिससे तुम्हारे ऊपर आँच आये। फिर मुझे भी उतना ही डर है जितना तुम्हें। अगर कोई ऐसी-वैसी बात होती तो मैं इन्हें बुलाता ही क्यों?

बिन्दिया : फिर तुम्हीं जानो।...

जीवन : फिक्र मत करो।...आओ...

(जीवन बाहर आता है।)

सईद : **(फुसफुसाते हुए)** कुछ खास बात?

जीवन : नहीं, सब ठीक है।

(कुर्सी पर बैठकर चार गिलासों में शराब डालता है...पानी मिलाता है।)

दीक्षित : मेरे लिए नीट...

सईद : मेरे में पानी ज्यादा!

भोला : मुझे थोड़ा ही देना।

दीक्षित : अरे यार! कुछ प्लेट-व्लेट मँगाओ!

जीवन : **(आवाज देता है)** जरा दो-एक प्लेट लेती आना?

(सबको गिलास देता है। अपना गिलास भी उठा लेता है।)

सईद : अरे यार, इधर आओ!

(वह कुर्सी तखत के पास खींच लेता है। बिन्दिया प्लेटें लाती है। जीवन उससे लेकर सईद को दे देता है।)

आइये, बैठिये भाभी जी!

बिन्दिया : मैं वहाँ जमीन पर बैठ जाऊँगी।

सईद : वहाँ कहाँ बैठेंगी? अरे जीवन, तुम यहाँ आ जाओ तखत पर...दीक्षित जी तुम ऊपर आ जाओ आराम से...भोला जरा खिसको...आओ जीवन...

(उसके लिए जगह बनाता है। जीवन तखत पर आ जाता है। इसी बीच भोला प्लेटों में थैलियाँ-पैकेट खोलकर खाने का सामान रखता है।)

बैठिये भाभी जी, आप कुर्सी पर बैठिये!

बिन्दिया : नहीं, नहीं, मैं यूँ ही ठीक हूँ।

सईद : अरे क्या बात करती हैं आप भी? आइये!

दीक्षित, भोला : हाँ-हाँ, बैठिये...बैठिये...।

जीवन : बैठ जाओ!

(बिन्दिया कुर्सी पर बैठ जाती है।)

दीक्षित : अच्छा...

(गिलास ऊपर करता है।)

सईद : ठहरो यार...जीवन, भाभी जी के लिए भी बनाओ!

बिन्दिया : नहीं-नहीं, मैं नहीं पीती।

दीक्षित : हमीं लोग कौन पीते हैं। यह तो यारों का साथ देने के लिए पी लेते हैं...कभी-कभार...दवा समझ कर। आप भी ऐसे ही पी लीजिए।

बिन्दिया : नहीं, मैंने कभी शराब नहीं पी!

भोला : तो आज चखिये न थोड़ी-सी!

बिन्दिया : नहीं, बिलकुल नहीं!

सईद : ऐसी भी क्या नाराजगी है भाभी जी...साथ तो देना ही होगा। भले ही थोड़ी-सी लें। जीवन...

(जीवन उठता है)

बिन्दिया : **(घबड़ा कर)** नहीं जीवन, वर्ना मैं उठ जाऊँगी यहाँ से!

जीवन : **(हँस पड़ता है)** चख ही लो आज थोड़ी-सी! क्यों बेचारों का दिल तोड़ती हो...कितने प्यार से कह रहे हैं।

(एक और गिलास में शराब और पानी डाल कर लाता है।)

मैं भी कहाँ पीता हूँ। इन कमबख्तों की वजह से ले रहा हूँ...जानता हूँ...बिना पिलाये साले मानेंगे नहीं...इसलिए खुद ही ले ली...लो...एक साँस में पी जाओ...

(उसके मुँह से गिलास लगा देता है।)

बिन्दिया : **(झिझकती है)** अच्छा, थोड़ी कम कर दो!

जीवन : मैंने बहुत थोड़ी डाली है।...बाकी सब तो पानी है।..

सईद : जन्नत का मजा आ जायेगा भाभी जी।

दीक्षित : बिलकुल दवा समझ कर पी जाइये!

सईद : दवा नहीं, हम यारों की मुहब्बत समझ कर!

जीवन : पीयो...

(बिन्दिया एक ही साँस में गटागट गिलास खाली कर बुरा-सा मुँह बनाती है। सईद फौरन प्लेट आगे कर देता है।)

सईद : लो, यह कबाब खा लो... स्वाद बदल जायेगा।

(जीवन कबाब लेकर बिन्दिया को खिलाता है। सब अपने-अपने गिलास उठाते हैं...जीवन भी...।)

दीक्षित : आज की रात...

सईद : भाभी जी की सेहत और खूबसूरती के लिए यह जाम...

सभी : चियर्स...

(पीते हैं। खाते हैं। खाते हैं। पीते हैं। धीरे-धीरे सरूर में आते हैं।)

दीक्षित : भाभी जी यह तो बताइये, कौन-सा वशीकरण मंत्र फूँक दिया है आपने हमारे यार पर?

(सईद तथा भोला ठहाका मार कर हँस पड़ते हैं।)

सईद : हाँ, न दीन का रहा न दुनिया का।

दीक्षित : घर का रहा न घाट का।

भोला : दर्शन ही दुर्लभ हो गये इसके तो।

दीक्षित : कम से कम हमारा यार तो हमसे न छीनिये।

बिन्दिया : लेकिन मैंने क्या किया है?

दीक्षित : लो भई, यह भी हमें बताना पड़ेगा।

सईद : अरे भाभी जी, जब से आपने इस पर इनायत की है, यह हम लोगों से मिलना भी पसन्द नहीं करता।

जीवन : क्यों बकवास करते हो?

दीक्षित : बकवास! अरे बेटा आज ही कतरा कर निकले जा रहे थे!

सईद : वह तो भोलुऐ ने देख लिया वरना...

भोला : अरे भाभी जी, जैसे ही इसने हम लोगों को देखा, ऐसे कन्नी काट कर मुड़ा जैसे किसी शर्मीली लड़की ने गुण्डों के झुण्ड को देख लिया हो।

(बिन्दिया हँसती है। जीवन को छोड़कर बाकी लोग भी हँसते हैं।)

जीवन : अच्छा, जल्दी खत्म करो और यहाँ से तिड़ी हो जाओ!

बिन्दिया : **(मुस्कराती है)** ऐसे क्यों कह रहे हो?

जीवन : देख नहीं रही हो, साले हमारी ही टाँगें खींचे चले जा रहे हैं।

सईद : भाभी जी, आप ही इन्साफ कीजिए। हम चारों की दोस्ती कोई एक दिन की है? वर्षों की है वर्षों की। जहाँ भी गये साथ गये, जो भी खाया-पीया एक साथ...जो भी किया एक साथ किया। और अब इसने आपको भाभी बनाया तो हम लोगों को भनक तक नहीं होने दी। आप ही बताइये, क्या आप अकेले इसी की भाभी जी हैं? हम लोगों की नहीं हैं?

बिन्दिया : हाँ-हाँ, क्यों नहीं?

दीक्षित : **(जीवन से)** सुन लिया बेटा?

जीवन : सब सुन लिया और सब देख भी लिया कि कैसे हमारी बिल्लियाँ हमीं से म्याऊँ कर रही हैं।

(बिन्दिया हँसती है)

दीक्षित : नाराज क्यों होते हो गुरु! यह तो यारों की मुहब्बत है।

सईद : अब दूसरा दौर भी हो जाय फटाफट!

(सभी हाँ में हाँ मिलाते हुए अपने खाली गिलास आगे बढ़ा देते हैं।)

दीक्षित : भोला मदद करो गुरु की!

भोला : आओ गुरु!

(भोला खाली गिलास उठा कर मेज पर रखता है।

सईद : इस बार तो हम भाभी जी के हाथों से ढली पियेंगे।

दीक्षित : बहुत खूब!

भोला : यह बात हुई कुछ! आइये भाभी जी, डाल दीजिए गिलासों में यह शराब!

बिन्दिया : लेकिन मुझे तो कुछ भी नहीं आता।

सईद : क्यों परेशान होती हैं? आइये, मैं बताता हूँ!

(सईद उठकर मेज के पास जाता है।)

आइये-आइये।

(बिन्दिया लहराती हुई जाती है।)

यह लीजिए बोतल...और यह जो गिलास हैं उनमें इतनी-इतनी डाल दीजिए...।

(बिन्दिया जैसे वह बताता है। वैसे ही चार गिलासों में शराब डालती है।)

बिन्दिया : कितनी बदबू आती है। पता नहीं क्या मिलता है, आप लोगों को शराब पीने से?

सईद : अभी आपको भी मजा आ जायेगा पीने का, दूसरा पेग उतरने दीजिए।...अरे, आपका गिलास कहाँ है?

बिन्दिया : नहीं-नहीं, अब मैं बिलकुल नहीं पी सकती।

सईद : वाह-वाह, आधे रास्ते में ही धोखा दे देंगी...यह नहीं होगा...भोला गिलास लाओ, भाभी जी का!

(बिन्दिया मना करती रहती है। भोला गिलास ले आता है।)

बिन्दिया : नहीं-नहीं मेरा सिर चकराने लगा है।

सईद : आपके लिए इस बार मैं बनाऊँगा, फिर कुछ नहीं होगा।

(उसके गिलास में शराब डाल कर पानी मिलाता है।)

अब इन गिलासों में भी पानी मिलाइये...यह मेरा और भोला का गिलास, ऊपर तक भर दीजिए। यह जीवन का, पानी आधा गिलास और दीक्षित जी को पानी की जरूरत नहीं। यह खालिस पीते हैं। ठीक...अब सबको अपने नाजुक हाथों से दे दीजिए...

(बिन्दिया सबको गिलास देती है।)

आज हम लोगों की साकी आप हैं।

बिन्दिया : यह साकी क्या होता है!

सईद : साकी का मतलब होता है जो अपने हाथों से शराब ढाल कर पिलाये!

दीक्षित : आप हम लोगों को पिला रही हैं इसलिए आप हमारी साकी हुईं।

बिन्दिया : अच्छा!

(हँसती है।)

जीवन : और मैं तुम्हें पिला रहा हूँ इसलिए तुम्हारा साकी मैं।

भोला : वाह, अकेले तुम कैसे?

दीक्षित : हम लोग भी तो हैं!

सईद : हम सभी आपके साकी हैं।

बिन्दिया : **(हँसती है)** अब आप लोग कुछ भी कहिये। मुझे तो और पीनी नहीं।

(रसोई घर की ओर चल देती है।)

दीक्षित : अरे, यह कैसे हो सकता है?

सईद : आप नहीं पियेंगी तो हम नहीं पियेंगे।

भोला : ...भाभी जी को रोको जीवन...

जीवन : **(उठता है)** अरे, सुनो तो...

बिन्दिया : मुझे नहीं सुनना कुछ!

(हँसती हुई...रसोई घर में चली जाती है। जीवन उसका गिलास उठा कर उसके पीछे जाता है।)

जीवन : **(हँसते हुए)** क्या हुआ बिन्दिया रानी?

बिन्दिया : हटो जी, तुम बड़े वो हो!

जीवन : क्यों?

बिन्दिया : पता नहीं किस चक्कर में मुझे फँसा दिया।

जीवन : ऐसा तो कुछ भी नहीं है।

बिन्दिया : मेरा सिर चकरा रहा है।

जीवन : थोड़ी देर लेट जाओ, फिर सब ठीक हो जायेगा। ठहरो मैं चटाई लाता हूँ!

(गिलास फर्श पर रखकर बाहर चटाई लेने आता है। सभी की निगाहें उस पर टिकी हैं।)

दीक्षित : क्या हुआ?

सईद : मिजाज तो ठीक है?

भोला : चढ़ गयी क्या?

जीवन : सब ठीक है। चालू रहो, मैं अभी आया!

(चटाई लेकर रसोई घर में जाता है।)

भोला : मेरा तो दिल धड़क रहा है।

दीक्षित : अबे, तुम्हारा तो हार्ट भी फेल हो सकता है।

सईद : पता नहीं कैसे डरपोक अखबार वाले हो।

भोला : नहीं यार, अकेली औरत...आदमी बाहर...ऊपर से शराब और हम चार मुस्टंडे...कुछ गंड़बड़ हो गया तो सब के सब धरे जायेंगे।

दीक्षित : इतना कमजोर दिल है तो चल क्यों देता है पीछे-पीछे हरामजादे...।

सईद : अच्छा, जल्दी से खतम करो, फिर ताश निकालो...इस बीच गुरु भी निबट लेंगे।

(आँख मार कर मुस्कराता है। वे दोनों भेदभरी नजर से रसोई घर की ओर देख कर...पीने और खाने में लग जाते हैं।)

(जीवन रसोई घर में चटाई बिछाकर आहिस्ते से बिन्दिया को बिठाता है।)

बिन्दिया : मुझे जाने कैसा-कैसा लग रहा है।

जीवन : और मुझे लगता है जैसे तुम्हारी खूबसूरती में निखार आ गया है आँखें नशीली और होंठ रसीले हो गये हैं।... नशीली आँखों में डूबने और रसीले होठों से पीने को जी चाह रहा है।

बिन्दिया : **(हँस पड़ती है)** बातें बनाना कोई तुमसे सीखे!

(जीवन उसकी लटों से खेलते हुए आहिस्ते से उसके होठों को चूम लेता है। वह अपनी बाँहें उसके गले में डाल देती है।)

क्या करते हो बाहर इतने लोग बैठे हैं।

जीवन : क्यों फिक्र करती हो, सब मस्त हैं खाने पीने में।

(उसकी कमर में हाथ डालकर अपनी ओर खींचता है।)

बिन्दिया : नहीं, मुझे शर्म आती है।

(जीवन भूमि पर रखा गिलास उठा लेता है।)

जीवन : लो यह पी लो!

बिन्दिया : नहीं!

जीवन : तुम्हें मेरी कसम!

(गिलास उसके होठों से लगा देता है।)

बिन्दिया : मैं मर जाऊँगी।

जीवन : अच्छा, आधी तुम, आधी मैं!

बिन्दिया : नहीं मानोगे।

जीवन : नहीं लो पियो।

(बिन्दिया एक घूँट ले लेती है।)

बिन्दिया : बस!

जीवन : आधी कहाँ हुई...साँस रोक कर पी जाओ...

(पुनः गिलास होठों से लगा देता है। वह जल्दी से गटागट कई घूँट पीकर बुरा सा मुँह बनाती है।)

बिन्दिया : बड़े जिद्दी हो।

जीवन : चलो यही सही—

(हँसता है)

(बची हुई शराब अपने हलक में उतार कर गिलास एक ओर रख देता है। और उसके कन्धे पर हाथ रख कर चटाई पर लिटा देता है। स्वयं भी उसके ऊपर झुकता चला जाता है। कुछ ही पलों में उसके हाथ नीचे की ओर रेंगने लगते हैं।)

बिन्दिया : **(विरोध के हल्के स्वरों में फुसफुसाती है)** नहीं, क्या सोचेंगे वे लोग।

जीवन : तुम सोचना बन्द कर दो...कोई कुछ नहीं सोचेगा।

(अबाध गति से बढ़ता रहता है मंजिल की ओर...बिन्दिया का विरोध स्वयमेव समाप्त हो जाता है। शरीर ढीला पड़ जाता है। पलकें बोझिल होकर मुँदती चली जाती हैं और साँसें तेज।

क्रमशः दोनों को अन्धकार अपने दामन में सिमेट लेता है।

अँधेरे में कुछ क्षणों तक रसोई घर में मद्धिम स्वर में बर्तनों के खटकने की आवाजें सुनाई देती रहती हैं। आवाजें थमने के साथ ही हल्के प्रकाश में जीवन रसोई घर के दरवाजे से निकल कर उन तीनों को संकेत करता है। वे एक के बाद एक उठ कर रसोई घर की तरफ चल देते हैं। जीवन तखत की ओर बढ़ जाता है।

वे रसोई घर के दरवाजे से अन्दर आकर बेसुध लेटी बिन्दिया के चारों ओर आहिस्ते-आहिस्ते घूमते हैं। भोला अपनी कमीज के दो बटन खोलता है। सईद सभी बटन खोल देता है और दीक्षित अपनी शर्ट उतार कर कन्धे पर डाल लेता है।

मंच पर अँधेरा।

अँधेरे में बर्तनों के खटकने के स्वर क्रमशः तीव्रतम होते जाते हैं। अन्ततः बहुत ही कर्कश लगने लगते हैं।

शोर कम होने के साथ ही प्रकाश इस बार बाहर के दरवाजे पर पड़ता है।

जीवन साँकल हटा कर दरवाजा खोलता दिखाई देता है। वे तीनों अपने कपड़े सम्हालते हुए दरवाजे पर एकत्र होते हैं। दबे स्वरों में मुस्कराते हँसते हैं और बाहर निकल जाते हैं। अन्त में

जीवन जाता है किन्तु जाने से पहले दरवाजा बाहर से भेड़ता जाता है।

कुछ क्षणों की दमतोड़ खामोशी के बाद रसोई घर में बिन्दिया पर प्रकाश उगता है। अस्त-व्यस्त सी बिन्दिया कराहते हुए उठकर बैठती है। फटी-फटी आँखों से चारों ओर देखती है।...अपने आपको देखती है। उसके चेहरे पर तनाव और आक्रोश की गहरी रेखाएँ उभर आती हैं। वह छटपटा कर पास ही रखा शराब का खाली गिलास उठा कर उसे एकटक घूरती है।)

बिन्दिया : ...कब...तू कब मेरा पीछा छोड़गी डायन...अपने आदमी को छोड़ा...तेरे कारण...दूसरा ब्याह किया तेरे कारण...तू अब तक मेरे पीछे पड़ी है...अब क्या बचा है मेरे पास तेरा सत्यानाश हो...

(पूरी ताकत से गिलास जमीन पर पटक देती है। और स्वयं फफक कर रो पड़ती है। मंच पर अँधेरा छा जाता है।)

अंक तीन

(मंच प्रकाशित होने पर अकेले मास्टर जी दिखाई देते हैं जो रसोई-घर में बैठे स्टोव में हवा भर रहे हैं। स्टोव पर केटली में चाय का पानी रखा है। स्टोव में हवा भर कर वह माथे का पसीना पोंछने को होते हैं कि बाहर से दरवाजे की कुण्डी खटकती है। मास्टर जी रसोई-घर में से बाहर आकर दरवाजे को घूरते हैं। कुण्डी फिर खटकती है। वह आगे बढ़ कर दरवाजा खोलते हैं। सजी-धजी बिन्दिया ठुमकते हुए अन्दर आती है। उसके हाथों में खूबसूरत पैकिंग किए हुए पैकिट और बण्डल हैं। बैठ जाती है—इठलाती हुई। मास्टर जी दरवाजे के पास ही खड़े चुभती नजरों से उसे देखते हैं।)

बिन्दिया : चाभी मिल गयी थी?

मा. सीताराम : हूँ...

बिन्दिया : पड़ोस में दे गयी थी। कोई परेशानी तो नहीं हुई?

(मास्टर जी बिना कुछ बोले दरवाजा बन्द कर अन्दर से साँकल चढ़ाते हैं।)

स्कूल से जल्दी आ गये आप!

मा. सीताराम : मैं तो जैसे आता हूँ वैसे ही आया था।

बिन्दिया : मुझे थोड़ी देर हो गयी...

(अपने आपको जैसे जब्त करते हुए मास्टर जी रसोई-घर में चल देते हैं। बिन्दिया एक पल उन्हें जाता हुआ देखती है फिर पैकिट और बण्डलों को

उलट-पलट कर देखती है। और एक-एक कर खोल डालती है।

मास्टर जी गिलास में चाय छानते हैं। बिन्दिया बाजार से लायी गयी इन चीजों को, जो साड़ियाँ, ब्लाउज तथा अन्य प्रसाधन सामग्रियाँ हैं, उलट-पलट कर–टटोल कर बड़ी प्रसन्न मुद्रा में देखती हैं। मास्टर जी चाय का गिलास लेकर बाहर आते है। बिन्दिया उन्हें देख साड़ी अपनी कमर से लगा कर उनकी ओर बढ़ती है।)

बिन्दिया : कैसी लग रही है?

मा. सीताराम : कितने की है?

(सिप लेते हैं)

बिन्दिया : सवा सौ की...

मा. सीताराम : इतने रुपये तुम्हारे पास तो थे नहीं...

बिन्दिया : जीवन ने दिलाई है।

मा॰ सीताराम : हूँ...

(सिप लेते हैं)

(बिन्दिया साड़ी एक ओर रख कर अपनी कलाई को देखते हुए नजाकत से चूड़ियाँ खनखनाती है।)

बिन्दिया : कैसी हैं?...सुनहरी चूड़ियों के लिए कितनी बार कहा आपसे...अच्छी हैं न...और आवाज...

(चूड़ियाँ खनखनाती हुई हँसती है। मास्टर सीताराम बिना कुछ बोले चाय सुड़कते रहते हैं। बिन्दिया गुनगुनाती हुई शीशा उठाकर अपने कानों के बुन्दे देखती है।)

अच्छे हैं न...कुछ भारी जरूर हैं, लेकिन...चेहरा कितना भरा-भरा लगता है...सूने कान तो बहुत अजीब लगते थे।

(मास्टर जी के पास आती है।)

यह हार नहीं देखा आपने?...दूधिया मोती और यह

लाल रंग का लाकेट...पचास रुपये का है...मैंने बहुत मना किया, लेकिन वह माना ही नहीं। बोला—देवर हूँ आपका, तो क्या मेरा कुछ भी हक नहीं बनता?... आपका कितना आदर करता है, बताया नहीं आपने, कैसा है?

मा. सीताराम : ठीक है।

(जाकर तख्त पर बैठ जाते हैं।)

जाना ही था जीवन के साथ तो मुझे बता कर जातीं। थका-हारा स्कूल से लौटा, घर में ताला बन्द...पच्चीस तरह की शंकाएँ मन में पैदा हो गयी थीं...

बिन्दिया : इसमें परेशान होने की क्या बात थी। मैं कोई भाग तो नहीं गयी थी। फिर मुझे भी क्या मालूम था कि मैं कहीं जाऊँगी। दोपहर को अचानक जीवन आ गया सिनेमा के पास ले कर और पड़ गया पीछे...बहुत मना किया मैंने कि आप नाराज होंगे, मगर वह कहने लगा आप नहीं जायेंगी तो मैं भी नहीं जाऊँगा। क्या करती? जाना पड़ गया...नहीं जाती तो यही सोचता, नखरे दिखा रही हूँ।...आप तो ले नहीं जाते कहीं। कितनी बार कहा है।...वहाँ उसके कुछ दोस्त भी मिल गये...सब भाभी जी, भाभी जी कह कर जान खाने लगे...सिनेमा...फिर चाट...फिर बाजार...ढेर सारी चीजें उन्होंने खरीद कर दी हैं......कुछ भी हो, जीवन और उसके दोस्त हैं बहुत अच्छे...खुले दिल के...

(मास्टर जी चाय का लम्बा घूँट लेते हैं और इस तरह मुँह बनाते हैं जैसे कोई बहुत ही कसैली चीज पी ली हो। फिर बिन्दिया को बहुत ही पैनी नजरों से देखते हैं, वह शीशे में हार देखने में व्यस्त है।)

मा. सीताराम : तो...यही वे लोग हैं जो मेरी गैर-हाजिरी में यहाँ आते हैं और सारी रात धमा-चौकड़ी मचाते रहते हैं।

बिन्दिया : (चौंक कर) क्या मतलब?

मा. सीताराम : मतलब भी मुझे समझाना होगा? पूरे गली-मुहल्ले में यही चर्चा है कि जब मैं दिल्ली जाता हूँ तो रात के अँधेरे में चार-पाँच मुस्टण्डे जमा होते हैं। सारी रात रहते हैं और दिन निकलने के पहले एक-एक करके खिसक लेते हैं।

बिन्दिया : **(गुस्से में फुफकार कर)** किस हरामी ने यह उल्टी-सीधी लगायी है। जरा मैं भी तो सुनूँ?

(शीशा एक ओर फेंक देती है।)

कौन है यह हरामी का पिल्ला...मुँह नोच लूँगी कमीने का...

(मास्टर जी को झकझोरती है।)

बताओ मास्टर जी...कौन है वह कुत्ते की औलाद...

मा. सीताराम : किस-किस का नाम बताऊँ? सारा मोहल्ला यही कहता है।

बिन्दिया : सब साले जलते हैं।

(झटके से मास्टर जी को छोड़ देती है।)

किसी से मैं बात नहीं करती इसीलिए। किसी को मुँह नहीं लगाती इसलिए...जरा दरवाजे पर खड़ी हो जाती हूँ तो सत्तर जोड़े लपलपाती आँखें चिपक जाती हैं इस थोबड़े से...ऐसे घूरते है साले जैसे कभी देखी न हो औरत...ऐसा ही उबाल आया है उनकी जवानी पर तो क्यों नहीं चले जाते अपनी माँ-बहनों के पास। वे भी तो गर्मायी भैंसों की तरह रँभाती फिरती हैं।...कीड़े पड़ेंगे दोगलों के जो मेरे बारे में ऐसी झूठी-सच्ची बातें करते हैं।

मा. सीताराम : कुछ न कुछ तो बात जरूर होगी, वरना क्यों लोग कहते?

बिन्दिया : लोगों ने कहा और तुमने मान लिया। वाह मास्टर जी वाह! लुच्चे-लफंगों की बातों में आ गये और मुझ पर यकीन नहीं। हे भगवान! यही दिन और देखने को बाकी था। सब कुछ जान-समझ कर भी मैंने कभी

शिकायत नहीं की...चुपचाप सहती रही सब कुछ... इच्छाओं को दबाती रही, मन को मसोसती रही... इन्तजार करती रही उस दिन का जब तुम अच्छे-भले मर्द हो कर मेरे पास आओ और चूर-चूर कर दो मेरे बदन को...और इसका यह नतीजा दिया है तुमने? ऐसी बातें सुनने से तो अच्छा है मर जाना मेरा...जहर दे दो मुझे...या फिर गला घोंट दो मेरा...

(गला रुँध जाता है)

मैं तो नहीं जानती थी जीवन को। तुम्हारा ही है। तुम्हीं ने उसके सामने मेरी लाज-शरम छुड़ायी...मैं तो नहीं गयी थी उससे बोलने। तुम्हीं ने कहा था इससे शर्माने की क्या बात है, यह तो मेरे बचपन का दोस्त है और जब वह भाभी-भाभी कहने लगा तो मैं भी उसे स्नेह करने लगी। इसी स्नेह के कारण वह घुल-मिल गया। यहाँ आने-जाने लगा। अपनी गैर-हाजिरी में मेरी देख-भाल करने के लिए भी तुम्हीं ने कहा था उससे! और मैंने तब भी मना किया था। पर तुम्हीं नहीं माने थे। बेचारा एक-आध बार हाल-चाल पूछने आ जाया करता था वह भी दिन में, रात में नहीं!...अकेले, दोस्तों के साथ भी नहीं और अब उसी के बारे में ऐसी बातें करते तुम्हें शर्म नहीं आती? न तुम्हें मुझ पर विश्वास है और न अपने दोस्त पर...विश्वास है तो मोहल्ले के इन निठल्लों पर...जिनका काम ही है दूसरों की बहू-बेटियों को ताकना और उनके बारे में दुनिया भर की बातें बनाना।...हे भगवान, क्यों मेरी मति हर ली थी तूने? क्यों मैं अच्छे-भले मर्द को छोड़ कर चली आयी?

(फूट-फूट कर रोने लगती है। मास्टर जी किंकर्तव्यविमूढ़-से हो जाते हैं। कुछ देर अस्थिर मन से उसे देखते रहते हैं। फिर नजदीक जाते हैं।)

मा. सीताराम : बिन्दिया...बिन्दिया चुप हो जाओ। इधर देखो! चुप हो जाओ! बिन्दिया...मैं तुम्हें रोता नहीं देख सकता...मैं

तुम पर अविश्वास नहीं करता...जीवन पर भी मुझे पूरा विश्वास है...दरअसल मैं कुछ बेवकूफ किस्म का आदमी हूँ...बिना सोचे-विचारे न जाने क्या कुछ कह जाता हूँ। लोगों का क्या, वे तो बँधी-बँधायी जिन्दगी के आदी हैं। नपी-तुली लकीर पर चलते हैं...थोड़ा-बहुत भी इधर-उधर अपनी लकीर से बाहर कुछ देखा तो राई का पहाड़ बना देते हैं...मुझे उनकी बातों में नहीं आना चाहिए था। मुझे माफ कर दो बिन्दिया...दोबारा ऐसी गलती नहीं होगी...चुप हो जाओ बिन्दिया...मैंने बहुत दुख पहुँचाया है तुम्हें...अब मत रोओ...तुम्हारा एक-एक आँसू मेरे हृदय के हजार-हजार टुकड़े कर रहा है...मुझे अपने आप पर रोना आ रहा है।...चुप हो जाओ बिन्दिया...

(बिन्दिया आहिस्ते से सर उठाकर मास्टर जी की ओर देखती है। उसका चेहरा आँसुओं से तर हो रहा है।)

बिन्दिया : लोगों की मुझे परवाह नहीं अफसोस इस बात का है कि तुमने भी वही समझा जो लोग कहते हैं।...

मा. सीताराम : ऐसा फिर कभी नहीं होगा बिन्दिया! इस बार मुझे माफ कर दो...

(याचना-भाव से उसकी ओर देखते हुए अपने हाथ बढ़ा कर उसके आँसू पोंछते हैं।
बिन्दिया दीर्घ निश्वास भरते हुए अपना सिर उनके कन्धे से टिका देती है। इसके साथ ही मंच भी अँधेरे में डूबने लगता है।
पुनः प्रकाश लौटने पर बिन्दिया भूमि पर बैठी अपने आपको सँवारती हुई दिखाई देती है, पास ही प्रसाधन-सामग्री वाली सन्दूकची रखी है।
कुछ क्षणों बाद दरवाजे पर हल्की-सी दस्तक होती है। बिन्दिया उठ कर दरवाजा खोलती है। जीवन अन्दर आता है।)

जीवन : **(अदा के साथ)** गुलाम हाजिर है!

(बिन्दिया चुपचाप दरवाजा अन्दर से बन्द कर वापस अपने स्थान को जाने को होती है कि जीवन उसे अपनी बाँहों में भर लेता है।)

आज कुछ ज्यादा ही अच्छी लग रही हो, किसकी छुट्टी करने का इरादा है?

बिन्दिया : **(उसकी बाँहों से अपने आपको मुक्त करने की कोशिश करती है।)** छोड़ो मुझे!

जीवन : अच्छा, तो यह सुन्दरता गुस्से की वजह से दुगनी हो रही है इस गुस्से की वजह मेरा देर से आना है तो थूक दो इसे, केवल एक मिनट लेट हुआ हूँ!

(बिन्दिया सिर्फ अपने को छुड़ाने का प्रयत्न करती है उसके गालों पर एक चुम्बन जड़ कर उसे छोड़ देता है।)

लो, अब तो मुस्करा दो!

(बिन्दिया बिना कुछ बोले अपने स्थान पर जा कर चुप्पी साधे, सामान समेटने लगती है। जीवन कुछ देर उसे देखता रहता है। फिर स्वयं भी उसके पास जा कर बैठ जाता है।)

जीवन : नाराज हो?

बिन्दिया : **(चुप)**

जीवन : मुझसे कोई गलती हो गयी?

(बिन्दिया चुपचाप सन्दूकची उठा कर रखने चल देती है। जीवन उसके पीछे-पीछे जाता है।)

जीवन : किसी ने कुछ कहा?

(सन्दूकची रख कर जीवन को देखती है।)

जीवन : क्या हुआ?

बिन्दिया : **(जैसे भड़क कर)** कुछ होने को अभी भी बाकी है? मुझे मालूम था एक दिन यही होगा। सारा मोहल्ला जान गया!

जीवन : **(समझ कर भी नासमझ बनते हुए)** क्या जान गया?

बिन्दिया : यही कि उनके न होने पर यहाँ क्या गुल खिलते हैं।

जीवन : तुमसे किसने कहा?

बिन्दिया : तुम्हारे भाई साहब ने! कल उन्होंने जो आफत मचायी, वह मैं ही जानती हूँ।

जीवन : फिर?

बिन्दिया : मुझसे जो बन पड़ा, मैंने किया। लेकिन तुमने मुझे बर्बाद करके रख दिया! कहीं का न छोड़ा। रण्डियाँ भी मुझसे बेहतर होंगी!

जीवन : कैसी बातें कर रही हो?

बिन्दिया : **(बिफर कर)** गलत कह रही हूँ। कोई दलाल ही यह काम कर सकता है जो तुमने किया है।

जीवन : **(तिलमिला कर)** बिन्दिया!

बिन्दिया : बहुत बुरा लगा? मगर जरा सोचो, मैंने तुम्हें सब कुछ दिया और तुमने मुझे बाजारू बना दिया, बिना यह जाने-समझे कि इसका अंजाम क्या होगा? खुद ऐसा करते रहे, यार-दोस्तों से भी नुचवाते रहे? एक मर्द को छोड़, मैंने दूसरा मर्द किया और दूसरे के होते मैंने तुम्हें अपना शरीर बेशर्मी से सौंप दिया!...तो तुमने यही सोचा होगा न कि ऐसे आचरण वाली स्त्री कोई सती-सावित्री तो हो नहीं सकती! गली-कूचे-कोठों पर बैठने वाली स्त्रियाँ ही ऐसा कर सकती हैं...मेरी व्यथा भी समझने की कोशिश की होती जीवन बाबू...

(जीवन खामोश रहता है।)

लोग न जाने कैसी-कैसी बातें बनाते होंगे। मैं कहीं भी मुँह दिखाने के काबिल नहीं रही!

(सिसक पड़ती है। क्षणिक मौन)

जीवन : तुम कुछ गलत ढंग से सोच रही हो। जो भी तुमने कहा और वह तमाम कुछ जो तुम मेरे बारे में सोच रही हो, वह केवल इसीलिए कि भाई साहब को हमारा भेद मालूम हो गया है! सच पूछो तो मुझे जरा भी हैरानी नहीं हुई यह जान कर। यह तो एक न एक दिन होना ही

था, मगर अफसोस इस बात का है कि तुमने मुझे इतना नीच और गिरा हुआ समझा! क्या तुम यह समझती हो कि ऐसी हालत में मैं तुम्हें लानतें-मलामतें सुनने के लिए छोड़ कर भाग जाऊँगा?

(बिन्दिया उसके मनोभाव पढ़ने की कोशिश करती है।)

कभी नहीं! अगर कोई ऐसी-वैसी बात हो जाय तो मैं तुम्हें जिन्दगी भर अपने साथ रख सकता हूँ, मेरे दोस्त भी इतने घटिया नहीं हैं! घटिया लोगों से मैं दोस्ती रखता भी नहीं। उनमें से कोई भी तुम्हारे साथ अपनी जिन्दगी निभा सकता है और जैसा चल रहा है, वैसा भी हम चारों जिन्दगी भर चला सकते हैं। मुझमें और उनमें कोई अन्तर नहीं है!

(उसका एक हाथ अपने हाथ में ले कर।)

मेरी बात तुम्हें अजीब लग रही होगी? लेकिन अब जब हम चाहे-अनचाहे ऐसी स्थिति में फँस गये तो उसका सामना तो करना ही होगा, बहरहाल तुम मेरी ओर से निश्चिन्त रहो! भाई साहब से डरने की जरूरत नहीं। उन्होंने तुम्हें धोखा ही दिया है। नहीं?

बिन्दिया : सो तो है ही...नहीं तो क्यों...

जीवन : अब अगर वे कुछ भी कहें तो तुरन्त मेरे पास चली आना।

बिन्दिया : **(मन-ही-मन प्रसन्न हो कर)** मुझे तुमसे ऐसी ही उम्मीद थी जीवन!

(उसके नजदीक हो जाती है।)

मगर लोग कहेंगे कि फिर मैंने...

जीवन : न तो लोग तुम्हें कुछ दे जाते हैं और न लोग तुमसे कुछ ले जाते हैं। फिर लोगों की परवाह क्यों?

बिन्दिया : शायद तुम ठीक कहते हो?

जीवन : अब तो नाराज नहीं हो?

(उसकी कमर में हाथ डाल कर अपनी ओर खींच लेता है।)

बिन्दिया : नहीं!

जीवन : वे चीजें तुम्हें पसन्द आयीं?

बिन्दिया : हाँ, बहुत अच्छी थीं, बिलकुल फिट बैठीं!

जीवन : उन्होंने और भी तमाम चीजें तुम्हारे लिए खरीदी हैं?

बिन्दिया : **(शिकायत के स्वर में)** इतना पैसा क्यों बरबाद करते हैं बेकार में!

जीवन : तुम्हें अपना समझते हैं तभी तो!...

(आलिंगन में लेकर होंट चूमता है। दरवाजे की कुण्डी खटकती है। वह चौंककर अलग हो जाते हैं।)

बिन्दिया : **(घबरा कर)** ओह...लगता है वह आ गये!

जीवन : कौन भाई साहब?

बिन्दिया : हाँ!

(जीवन हड़बड़ा कर खड़ा हो जाता है।)

जीवन : फिर?

बिन्दिया : जल्दी से कहीं छुप जाओ।

(कुण्डी दोबारा फिर खटकती है।)

जीवन : **(जैसे कुछ निर्णय ले कर)** दरवाजा खोल दो। मैं छुपने के बजाय बात कर लेना ज्यादा अच्छा समझता हूँ!

बिन्दिया : **(जल्दी से)** नहीं, नहीं, बचपना मत करो! मैंने उनके सन्देह को मिटा दिया है।...यह अभी ठीक नहीं होगा।

(कुण्डी खटकने के साथ ही बाहर से मास्टर जी की बिन्दिया को पुकारने की आवाज भी आती है।)

बिन्दिया : ओफ...जल्दी करो...

जीवन : लेकिन...

बिन्दिया : जैसा चल रहा है चलने दो, बाद में देखा जायेगा...इधर आओ!...

(हाथ पकड़ कर खींचती हुई एक ओर ले जाती है।)

सीढ़ियाँ लगी हुई हैं, ऊपर टाँड़ पर चले जाओ!

(उसको जबरन ठेल देती है। और स्वयं मुँह पर पानी के छींटे मार, हाथ-मुँह पोंछती हुई दरवाजा खोलने चल देती है। बाहर से मास्टर जी की आवाज पुनः सुनाई देती है।)

बिन्दिया : **(अभिनयपूर्वक)** अरे आती हूँ, क्यों दरवाजा तोड़े डाल रहे हो।

(दरवाजा खोलती है, मास्टर जी अन्दर आते हैं।)

पाखाने में थी। दो मिनट रुक नहीं सकते थे?

मा. सीताराम : अब मुझे क्या मालूम था...?

बिन्दिया : तुम्हें तो कुछ भी नहीं मालूम रहता।

(हाथ-मुँह पोंछती जाती है।)

छुट्टी जल्दी हो गयी?

मा. सीताराम : नहीं! मैं जल्दी चला आया। मुझे गाँव जाना है।

बिन्दिया : **(आश्चर्य से)** गाँव?

मा. सीताराम : हाँ, तार आया है।

बिन्दिया : तार?

मा. सीताराम : **(दिखाते हैं निकाल कर)** माँ की तबियत बहुत खराब है। तुरन्त आने को लिखा है।

बिन्दिया : कब जायेंगे?

मा. सीताराम : सुबह चार बजे वाली गाड़ी से...

बिन्दिया : लौटेंगे कब?...

मा. सीताराम : तीन-चार दिन तो लग ही जायेंगे। हो सकता है ज्यादा भी लग जायें। जाने पर ही पता लगेगा!

बिन्दिया : मैं भी चलूँ?

मा. सीताराम : तुम क्या करोगी जा कर। खामखा परेशान होगी। गाड़ी से उतरने के बाद बारह कोस पैदल चलना पड़ता है। दो-चार दिन की तो बात है। वैसे मैं जल्दी ही लौटने की कोशिश करूँगा। रास्ते में खाने के लिए कुछ बना देना।

बिन्दिया : क्या बना दूँ?

मा. सीताराम : कुछ भी!

बिन्दिया : पूड़ियाँ और आलू की सब्जी बना दूँ?

मा. सीताराम : बना दो।

(कपड़े उतारने लगते हैं। बिन्दिया रसोई-घर की तरफ जाते-जाते रुक जाती है।)

बिन्दिया : कपड़े मत उतारो!

मा. सीताराम : क्यों?

बिन्दिया : डालडा ले आओ, बाजार से। खत्म हो गया है।

मा. सीताराम : खत्म हो गया है? अभी उस दिन तो लाया ही था।

बिन्दिया : तो था ही कितना? खत्म हो गया।

(मास्टर जी फिर कपड़े डाल लेते हैं।)

मा. सीताराम : लाओ, डिब्बा दे दो।

(बिन्दिया रसोई-घर से एक गिलास लाती है।)

मा. सीताराम : डिब्बे का क्या हुआ?

बिन्दिया : अब कौन साफ करे उसे, इसी में ले आओ!

(मास्टर जी गिलास ले कर चल देते हैं। बिन्दिया उनके पीछे-पीछे दरवाजे तक जाती है और जब वे चले जाते हैं तो कुछ देर दरवाजे पर खड़ी, उन्हें ओझल होता हुआ देखती है। फिर जैसे छुटकारे की साँस ले कर वापस मुड़ती है। और जीवन को बुलाती है :)

बिन्दिया : जीवन! आ जाओ, जल्दी।...

जीवन : **(केवल आवाज सुनाई देती है)** चले गये?

बिन्दिया : हाँ।...

(जीवन धूल झाड़ता हुआ निकलता है।)

जीवन : कहाँ चढ़ा दिया, धूल-ही-धूल भरी है।

(बिन्दिया भी मदद करती है धूल झाड़ने में।)

बिन्दिया : यह सब रास्ते में साफ करते चले जाना। बड़ी मुश्किल से भेजा है। जल्दी ही लौटेंगे।

जीवन : कहाँ गये हैं?

बिन्दिया : डालडा लेने। सुबह गाँव जा रहे हैं। तार आया है। माँ

की तबियत बहुत खराब है। रास्ते के लिए खाना बनाना है।

जीवन : कितने दिनों के लिए जा रहे हैं?

बिन्दिया : यही कोई तीन-चार दिनों के लिए।

जीवन : फिर तो मजा आ गया।

(लपक कर बिन्दिया को बाँहों में भर लेता है।)

बिन्दिया : अरे-अरे क्या करते हो? छोड़ो मुझे। मरवाओगे क्या। वे कहीं दूर नहीं गये हैं।

जीवन : **(अपनी धुन में)** जी भर कर ऐसा करेंगे।

बिन्दिया : **(अपने को छुड़ाते हुए)** हाँ-हाँ, बाबा, कर लेना, जी भर कर ऐसा कर लेना, लेकिन अभी तो छोड़ो मुझे...

(जीवन छोड़ देता है।)

अब यहाँ से चलते बनो!

जीवन : क्यों, यहीं टाँड़ में छुप जाता हूँ। रात भर की तो बात है?

बिन्दिया : अब बहुत हो गया।

(दरवाजे तक ठेलती ले जाती है।)

अब जाओ यहाँ से। कल आना!

जीवन : कल तो सुबह से ही...

बिन्दिया : नहीं-नहीं, रात को ही ठीक है। मोहल्ले वालों को वैसे ही शक हो गया है। लोगों की नजरें बचा कर आना।

जीवन : मैं तो पूरी कोशिश करता हूँ। उसके बाद भी लोग देख लें तो क्या किया जा सकता है।

बिन्दिया : ...और अकेले ही, सारी फौज ले कर नहीं।

जीवन : वह तो मुझे भी अच्छा नहीं लगता, मगर वे साले सूँघ ही लेते हैं, फिर भी क्यों परेशान होती हो। उल्लू के पट्ठे, कुछ ले तो जाते नहीं, दे ही जाते हैं। मस्त रहो, जिन्दगी के मजे लूटो जी भर कर।

बिन्दिया : **(सोच में पड़ जाती है)** लेकिन......

जीवन : **(कोई ध्यान न दे कर)** अच्छा, कल मिलेंगे!

(बाहर निकल जाता है। बिन्दिया दरवाजे के पास ही ठिठकी-सी रह जाती है। खड़ी, उसे रोक कर

कुछ कहना चाह कर भी अनकही-सी...

अनुकूल संगीत के साथ क्रमशः प्रकाश लुप्त हो जाता है। कुछ क्षणों तक अँधेरे में संगीत गूँजता रहता है। धीरे-धीरे संगीत के स्वर मद्धम पड़ते जाते हैं और उसका स्थान भरपूर ठहाके और मदमस्त कहकहे ले लेते हैं।

प्रकाश उभरता है। जीवन, सईद, भोला और दीक्षित बिन्दिया को घेरे विभिन्न मुद्राओं में बैठे दिखाई देते हैं। उनके आगे शराब की बोतलें, गिलास तथा खाने-पीने का ढेर सारा सामान रखा है। बिन्दिया भड़कीले कपड़ों तथा उपहारों से लदी है। उसके हाथ में शराब का गिलास है।)

बिन्दिया : हँसते हो। क्या समझते हो तुम लोग, मैं पी नहीं सकती...? तुमसे ज्यादा पी सकती हूँ।...

(झटके के साथ गिलास खाली कर आगे बढ़ा देती है।)

यह लो। और डालो, डालो न!...

सईद : वाह भाभी जी, यह हुई कुछ जिन्दादिली।

(गिलास ले कर उसमें शराब ढालने को होता है। जीवन उसे रोकता है।)

जीवन : बस करो सईद। वैसे ही काफी पी ली है।

बिन्दिया : जी...व...न...मत रोको मुझे! हर बार तुम लोग जबरदस्ती करते थे...आज मैं पीना चाहती हूँ...पीने दो मुझे!

भोला : **(जीवन से)** क्यों रोकते हो गुरू? आज जी भर कर पीने दो। कुछ मत बोलो। भाभी जी, आप पीजिए, जी भर कर पीजिए।

बिन्दिया : क्यों देर करते हो? दो न मुझे...

सईद : मिलेगी। जरूर मिलेगी...

(उसके कन्धे पर आहिस्ते से हाथ रख देता है।)

यह सब आपके लिए ही तो है...मगर अभी तो रात बाकी है।

(उसके नजदीक सरक जाता है।)

आराम से पियेंगे...धीरे-धीरे...जल्दी क्या है?

भोला : हाँ, भाभी जी, एक साथ पीने से सारा मजा बिगड़ जाता है?

(अपना गिलास उठा, बिन्दिया के पीछे पहुँच कर उसके बाल सहलाने लगता है। जीवन और दीक्षित पहले भोला की ओर फिर एक दूसरे को देखें कुछ तय करते हुए पीने और खाने में जुट जाते हैं। बिन्दिया मचलती है।)

बिन्दिया : दो न मुझे...

सईद : अच्छा लो...

(उसके गिलास में शराब डाल देता है।)

मैं पिलाऊँगा।

(बिन्दिया को एक हाथ से अपने पास समेट, दूसरे हाथ में गिलास ले कर उसे पिलाता है। बिन्दिया एक घूँट ले कर सईद का हाथ झटक देती है। गिलास एक ओर लुढ़क जाता है। एक झटके में बिन्दिया का आँचल भी ढुलक कर नीचे सरक जाता है। बिन्दिया उन्मादिनी-सी चिल्लाती है।)

बिन्दिया : जी...व...न!

(जीवन तिरछी नजरों से देख कर फिर अपने आप में व्यस्त हो जाता है। भोला तत्परता और सेवा-भाव से उसे सँभालने की कोशिश करता है।)

भोला : मैं पिलाऊँ भाभी जी?

सईद : अबे भोलुवे, तू दो मिनट खामोशी से नहीं बैठ सकता? कितनी देर से हड़बोंग मचाये जा रहा है। जा उधर बैठ।

(भोला अनमना-सा हो कर दीक्षित के पास आ जाता है।)

दीक्षित : **(सरसराते हुए भोला से)** यह पत्रकारिता नहीं है बेटा,

जरा धीरज से काम लो।

बिन्दिया : **(पुनः)** जी...व...न...!

जीवन : **(मीठे स्वर में)** क्या है?...हूँ...

बिन्दिया : मेरे पास आओ।...

(जीवन जाता है और उसका एक हाथ अपने हाथ में ले कर उससे सट कर बैठ जाता है।)

जीवन : बोलो, क्या है!

बिन्दिया : तुम पिलाओ मुझे।...

जीवन : बस!

(उसे अपने सीने से टिका कर उसके होंटों से अपना गिलास लगा देता है।)

यह लो!

(बिन्दिया एक घूँट ले कर अपनी बाँहें उसके गले में डाल कर झूल जाती है।)

बिन्दिया : अब मैं पी सकती हूँ न!

जीवन : हाँ!...

बिन्दिया : खूब ज्यादा!

जीवन : हाँ!

(उसे कसने लगता है। सईद की उँगलियाँ भी उसके खुले-अधखुले बदन से खेलने लगती हैं। बिन्दिया नशे की हालत में बड़बड़ाये-सी जाती है।)

बिन्दिया : जानते हो, मैंने अपने पहले मर्द को छोड़ दिया था...क्यों? क्योंकि...वह पीता था...बहुत ज्यादा पीता था...और पी कर मुझे पीटता था...साला...मगर मुझे उससे नफरत नहीं थी...उसके पीने से नफरत थी...और अब मैं खुद पीने लगी...लेकिन मैं पी कर किसी को मारती तो नहीं...वह तो पी कर अपने काबू में नहीं रहता था...कसाई हो जाता था...पूरा कसाई...जान निकलने भर की कसर रह जाती थी...छोड़ दिया उसे मैंने और दूसरा ब्याह किया ठाठ से...जीवन, पिलाओ मुझे...

(जीवन उसके होंटों से गिलास लगा देता है। वह पी कर बुरा-सा मुँह बनाती है।)

और ब्याह किया तो किससे, एक नामरद हिजड़े से... साला, मास्टर बनता है...एक कसाई दूसरा हिजड़ा...

(हँस पड़ती है।)

अपनी किस्मत में यही लिखा था।

(एकाएक)

ए...। तुममें से तो कोई नामरद नहीं है!

(वे चौंक कर उसे देखते हैं।)

नहीं तुम सब तो मर्द हो...अच्छे-खासे...

(हँसती है।)

मेरे पास आओ...सब मेरे पास आओ...

खेलो...जी भर कर खेलो...तुम सब अच्छे खिलाड़ी हो...देखती हूँ, कौन जीतता है।

(वे सब एक-दूसरे को देखते हैं। बिन्दिया खिल-खिला कर हँस पड़ती है।)

बुद्धू! तुम सब बुद्धू हो। कुछ भी समझ में नहीं आता तुम्हें...चाहे जितना समझाओ!...आओ न...जीवन... भोला...नहीं...नहीं...भोलुए...

(हँसती है।)

सईद

(एक-एक कर उन्हें अपने पास खींचती है। और वे भी वासना के भूखे गिद्धों की तरह जैसे मैदान साफ पा कर उसके बदन पर टूट पड़ते हैं। बिन्दिया उन्मुक्त हँसी हँसती है...हँसे जाती है। जैसे कि हँसी को रोकना उसके बस में नहीं।)

बहुत शरारती हो तुम लोग...गुदगुदी मचाये जाते हो...कुछ करते नहीं...बुद्धू कहीं के...

(वे जैसे उत्तेजित हो जाते हैं।)

नोच डालो...चीर डालो मुझे...चिन्दी-चिन्दी कर दो मेरी...लेकिन...गुदगुदी मत मचाओ!

(हँसती है। एकाएक दरवाजे की कुण्डी खटकती है। सभी चौंक कर दरवाजे की ओर देखते हैं। कुण्डी पुनः खटकती है। वे जैसे के तैसे गुमसुम से बैठे रहते हैं। कुण्डी की आवाज जरा तीखी हो जाती है।)

बिन्दिया : कौन है?...जरा देखो...खटखटाये ही जा रहा है।

जीवन : भोला।

(इशारा करता है। देखने के लिए। वह कान पर हाथ लगा कर मना करता है जाने के लिए।)

सईद : इस साले का तो पाखाना ही निकला जा रहा है। दीक्षित, देखो तो कौन है?

दीक्षित : मैं तो बुरी तरह से फँसा हूँ। तुम्हीं उठ कर देख लो।

सईद : जीवन गुरु...यह तुम्हारे ही बस का है।

(कुण्डी लगातार जोर से बजती है। बिन्दिया उन्हें झटके से अलग करती है।)

बिन्दिया : **(क्रोध से)** देखते क्यों नहीं, कौन है..? **(सभी चुप रहते हैं)** मुझे नहीं मालूम था इतने डरपोक होगे तुम लोग...हटो...मैं देखती हूँ...।

(उठ कर चल देती है। दरवाजे की ओर, नशे में लहराती हुई। उसका वक्ष खुला है। साड़ी उसके पीछे लटकती हुई जाती है। वे लोग उसे रोकते रह जाते हैं।)

बिन्दिया : **(जोर से)** कौन है, आधी रात को दरवाजा खटखटाये जा रहा है...?

(कोई जवाब नहीं। सिर्फ कुण्डी खटकने की आवाज।)

मैं सब समझती हूँ...होगा साला कोई मोहल्ले वाला... समझते हैं इस तरह मैं डर जाऊँगी। ...मुझे क्या डर पड़ा है...जो कुछ करती हूँ। अपने घर पर करती हूँ... किसी को बुरा लगे तो वह भी करे अपने घर पर वह सब जो मैं करती हूँ...मेरे यहाँ कोई आता है तो दूसरों की

छाती क्यों फटने लगती है। आज मैं फैसला करके ही रहूँगी।

(दरवाजा खोलती है। मास्टर सीताराम दिखाई देते हैं। बिन्दिया सन्न-सी रह जाती है। उसका नशा जैसे हिरन हो गया हो।)

बिन्दिया : आप...?

(मास्टर सीताराम एक नजर में सारे नजारे को भाँप बिना कुछ बोले, जलती नजरों से बिन्दिया को देखते रहते हैं। जीवन हड़बड़ा कर खड़ा हो जाता है। बाकी लोग भी यथासम्भव अपने आपको सँभालने की कोशिश करते हैं।)

मा. सीताराम : बहुत खूब चार यार...चारों के तोहफे, शराब और बढ़िया खाना...बहुत अखर रहा होगा अचानक मेरा आना? क्यों?

(बिन्दिया नजरें झुका लेती है।)

मुझे तो अभी भी विश्वास नहीं हो रहा है! लगता है आँखें धोखा दे रही हैं। कहाँ वह आँसुओं में डूबा निर्दोष और पवित्र चेहरा और कहाँ ये रंगीन महफिल की अकेली रौनक...गलत नहीं कहा था लोगों ने। मुझे तो विश्वास नहीं आ रहा था...बेवकूफ हूँ न...भला हो उसका जिसने मुझे यह तरकीब सुझाई...माँ की बीमारी का तार तो एक बहाना था। देखना चाहता था, वह कौन-सा कोढ़ है जो मेरी अनुपस्थिति में रात को मेरे घर के अँधेरे कोनों में फूटता है और अपनी दुर्गन्ध से सारे मुहल्ले में सड़ाँध तथा बदबू पैदा कर रहा है।

(दरवाजा बन्द कर अन्दर से साँकल चढ़ा देते हैं। एकाएक उबल कर।)

नीच, कमीनी, बदजात, औरत, उस तिरिया चरित्तर की क्या जरूरत थी?

(बिन्दिया के गालों पर एक भरपूर थप्पड़ मारते हैं वह कटे पेड़-सी जमीन पर गिर पड़ती है।)

यह रण्डीखाना चलाने के लिए मेरा घर ही मिला था हरामजादी, कुलटा।

(पीठ पर लातें जमाते हैं।)

साली, सती-साध्वी बनती थी।

(गुस्से से काँपते हुए। फिर मारने को लपकते हैं। बिन्दिया गिरते-पड़ते तेजी से रसोई-घर की तरफ भागती है...।

भाग कर कहाँ जायेगी रण्डी...खून कर दूँगा...तेरे यारों के सामने ही तेरा खून करूँगा...देखता हूँ, कौन बचाता है...

(उसके पीछे भागते हैं। जीवन बीच में आ जाता है।)

जीवन : बहुत हो गया। अब मैं और बर्दाश्त नहीं करूँगा।

मा. सीताराम : **(व्यंगपूर्वक)** अच्छा, तो तुझे हमदर्दी हो रही है? क्यों न हो। यारी भी तो खूब निभायी है साली ने! तेरे जैसा कमीना आदमी नहीं देखा मैंने जीवन। मैं तुझे अपना दोस्त, अपना भाई समझ कर कितना विश्वास करता था और तू वासना की आग में अन्धा हो कर मेरे विश्वास पर इस तरह पेशाब करेगा, यह मुझे नहीं मालूम था। हट जा सामने से। मेरे सिर पर खून सवार है। जो भी सामने आयेगा। मैं उसे छोड़ूँगा नहीं।

(उसे धक्का दे कर रसोई-घर की ओर भागते हैं। बिन्दिया एक कोने में सहमी-सिमटी खड़ी है, वे सीधे जा कर दोनों हाथों से उसकी गर्दन दबोच देते हैं।)

जिन्दा गाड़ दूँगा जमीन में रण्डी...तुझे और तेरे यारों को...तेरी वासना की आग मैं नहीं बुझा सकता पर तेरा गला तो घोंट ही सकता हूँ...तूने मेरी इज्जत के साथ खिलवाड़ किया है। बुला अपने यारों को, वे भी देखें तेरा अंजाम...

(हाथों का दबाव बढ़ाता है। बिन्दिया के गले से घुटी-घुटी-सी आवाजें निकलती हैं। यकायक

दीक्षित गुस्से में भर कर ललकारता है।)

दीक्षित : बहुत मर्दानगी सवार है साले को... मारो मादरचोद को...

(रसोई-घर में तेजी से जा कर पीछे से मास्टर जी की गर्दन पकड़ता है। जीवन और सईद भी उसकी सहायता के लिए भागते हैं। भोला दूर ही रहता है।)

औरत पर मर्दानगी दिखा रहा है। छोड़ दे साले, वरना मैं तेरा गला घोंट दूँगा।

(जीवन, मास्टर जी के दोनों हाथ पकड़ कर बिन्दिया को छुड़ाता है। सईद मास्टर जी की कमर में हाथ डाल, उनके पैरों में टँगड़ी फँसा कर पीछे की ओर झटकता है। मास्टर सीताराम भूमि पर चित गिरते हैं। उनके गिरते ही तीनों लोग उन्हें झपट कर दबोच लेते हैं। दीक्षित उनके पैरों को पकड़ कर बैठ जाता है। सईद और जीवन उनके हाथों को काबू में करते हैं। मास्टर जी छटपटाते हैं।)

मा. सीताराम : साली, हरामजादी, रण्डी...थू...तू मेरी बीवी है...? अपने यारों से पिटवाती है...थू...थू है तुझ पर कुतिया...

(बिन्दिया जो अब तक सिमटी-सी खड़ी काँप रही थी, मास्टर जी को जमीन पर बेबस पड़ा देख फुफकारती हुई उसकी ओर बढ़ती है।)

बिन्दिया : ओ मास्टर की औलाद। क्या कीड़ों की तरह बिजबिजा रहा है? धोखेबाज भड़ुए, तूने मेरी जिन्दगी बर्बाद की है। अगर तू मुझे अपनी मर्दानगी दिखाने के लिए ब्याह कर नहीं लाता तो क्यों मुझे अपनी आग बुझाने के लिए चार-चार यार रखने पड़ते...।

(घृणा से उसकी छाती पर लात मारती है।)

हत्यारे तू मेरा गला घोंट रहा था...ठहर, मैं तेरा खून पियूँगी...

(मास्टर जी छूटने के लिए कबूतर की तरह छटपटाते

हैं। वे उसे और भी कस कर जकड़ लेते हैं। हिलने तक की गुंजाइश नहीं छोड़ते। बिन्दिया जल्दी से इधर-उधर नजरें दौड़ाती है। एक कोने में घिसी हुई पुरानी कलछुल देख उसकी आँखें चमक उठती हैं। वह दौड़ कर उसे उठाती है और बेबस पड़े मास्टर जी की टाँगों पर सवार हो कलछुल को दोनों हाथों से पकड़ पूरी ताकत से मास्टर जी के पेट में खच से भोंक देती है। मास्टर जी के मुँह से एक लम्बी चीख निकलती है।)

बिन्दिया : मर साले, कुत्ते की मौत मर...

(पागलों की तरह लगातार खचाखच कई वार करती है। मास्टर जी का लहूलुहान शरीर अन्ततः थर्रा कर शान्त हो जाता है। जीवन को एकाएक जैसे होश आता है। वह बिन्दिया के हाथ पकड़ लेता है।)

जीवन : **(भयभीत-सा)** बिन्दिया...यह क्या किया तुमने?

(उसे मास्टर जी की लाश से खींच कर अलग करता है।)

यह मर गया बिन्दिया...

(बिन्दिया हतप्रभ-सी फटी-फटी आँखों से खून में लथपथ बेजान मास्टर को देखती है।)

बिन्दिया : **(जैसे यकीन नहीं आ रहा हो)** मर गया...

(जीवन उसे उसी हालत में छोड़ तेजी से रसोई के बाहर आता है और दरवाजा खोल घर से बाहर निकल जाता है सईद और दीक्षित भी उसके पीछे हो लेते हैं।

भोला अब तक मन्त्र-मुग्ध-सा खड़ा। किसी तमाशबीन की तरह तमाशा देख रहा था, जैसे होश में आता है।)

भोला : **(दहशत से)** खून...खून...खून...!

(चिल्लाता हुआ वह भी भाग लेता है। बिन्दिया

का स्वप्न टूटता है। वह एक कदम आगे बढ़ती है।)

बिन्दिया : खून...!

(उसके हाथों से कलछुल छूट कर भूमि पर आ गिरती है।

मंच से प्रकाश सिमटने लगता है।

इसके साथ ही अदालती शोर उभरता है, जो क्रमशः तेज होता जाता है।

बिन्दिया किसी बेजान पुतली की तरह आहिस्ता-आहिस्ता चल कर मंच के बीचों-बीच आ जाती है।

शोर अपने चरमोत्कर्ष पर होता है। प्रकाश सिमट कर केवल बिन्दिया पर केन्द्रित हो जाता है। हथौड़े की ठक-ठक की आवाजें सुनाई देती हैं और फिर सब कुछ थम जाता है। बिन्दिया दर्शकों के सम्मुख है। उसकी आँखें कहीं दूर टिकी हैं।)

बिन्दिया : **(अपराधी भाव से)** हाँ मैंने खून किया है...कब मना किया है मैंने...कि खून मैंने नहीं किया...मैं तो बस यह कहना चाहती थी...कि आप मेरे बारे में न ही जानें तो अच्छा है...जान जायेंगे तो...खैर, मैंने कब इनकार किया है कि मैंने खून नहीं किया है। आप मुझे सजा दें, कैद दें, फाँसी दें, जो जी में आये करें...

(एक क्षण को रुकती है।)

लेकिन आप कर भी क्या सकते हैं? उससे बड़ी सजा भी क्या आप दे सकते हैं जो मैंने भुगती है? शराबी पति का कसाईपन...नामर्द आदमी की घुटन...दलालों जैसा प्रेमी...छिः...सब पर थूकती हूँ मैं...उन पर भी और अपने पर भी...आप मेरे बारे में सब कुछ जानना ही क्यों चाहते हैं? क्यों नहीं अपने गिरेबानों में भी झाँक कर देखते? वह भी तो ऐसे किस्सों की झोलियाँ

हैं। सब कुछ मेरे मुँह से ही क्यों सुनना चाहते हैं? मैं स्त्री हूँ, ऐसी बातें मेरे मुँह से बड़ी रसीली और चटपटी लगती है?...मुझे कुछ नहीं बताना है अपने बारे में... मुझे खुद से नफरत है...उनसे नफरत है, आप सबसे नफरत है। जाइए, और जा कर सो जाइए अपने-अपने हमबिस्तरों के साथ...छुप कर...खुले-आम...या जैसे जी चाहे...पर ईश्वर के लिए मुझे अकेला छोड़ दीजिए...!

(फफक कर रो पड़ती है। अँधेरा उसे अपने आप में सिमेटने लगता है। कुछ क्षणों बाद केवल उसकी सिसकियाँ ही रह जाती हैं, अँधेरे और सन्नाटे को चीरने के लिए।)

❑❑❑